徳間文庫

溝《どぶ》鼠《ねずみ》　最終章

新堂冬樹

徳間書店

1

ベタつく肌に不快に貼《は》りつくTシャツ。

眉毛《まゆげ》を突破し眼に流れ込む汗。

バンの助手席に座る赤迫《あかさこ》の腋《わき》の下も、うなじも、太腿《ふともも》の裏も、汗でぬるぬるしていた。

「八時過ぎてんのに三十八度……嘘だろ……」

豚のようにひしゃげた鼻の頭に汗の玉を浮かべた中道《なかみち》が、フロントパネルのディスプレイに表示された外気温をみて、うんざりした顔になった。

はだけたアロハシャツから突き出た太鼓腹《たいこばら》は力士顔負けであり、胸の下の弛《ゆる》んだ皺《しわ》

の溝は汗疹《あせも》と思《おぼ》しき赤いブツブツでびっしり埋め尽くされていた。

中道は、赤迫が経営する「汁倶楽部《しるくらぶ》」の男優だった。

「汁倶楽部」は、アダルトビデオの男優専門の事務所であり、中道はデブ系男優として所属していた。

赤迫は、携帯電話のディスプレイに表示されるデジタル時計に眼をやった。

午後八時十五分……熊田《くまだ》と蘭華《らんか》が、まもなく現われる時間だ。

バンのフロントウインドウ越しにみえるのは、蘭華がホステスをしている「ミステイ」の入る水商売ビルだった。

「なあ、赤ちゃん、クーラーつけようぜ」

中道が、赤迫に懇願《こんがん》の瞳《ひとみ》を向けてきた。

「その呼びかたは、好きじゃないと言いませんでしたか？」

赤迫は言いながら、暖房のスイッチを入れた。

「お、おいっ、なにやってんだよ！　熱中症になるだろう！」

スイッチを切ろうと中道が伸ばした手を、赤迫は押さえた——小指の爪《つめ》を剥《は》がした。

「痛《い》ってぇー！」

中道が、喉《のど》に太い血管を幾筋も浮かべて絶叫した。

「出たのぅ！　赤迫ちゃん必殺の爪剝がし！」

ミドルシートから身を乗り出した徳三《とくぞう》が、枯れ枝のように細く皺々の手を叩きながら大笑いしていた。

徳三は「舐《な》めの徳さん」と呼ばれ、クンニの持久力とテクニックで右に出る者はいない。

歳《とし》は七十二で本番こそできないが、その代わり、一時間でも二時間でも女性器を舐め続け、敏感な女優など白眼を剝《む》いて失神してしまうほどだ。

「ジ……ジジイっ、笑ってんじゃねえ！」

送風口から吹き出る熱風と爪を剝がされた激痛にチャウチャウそっくりの不細工《ぶさいく》フェイスを汗塗《まみ》れにした中道が、徳三に怒声を浴びせた。

「ガソリン代を節約するためにクーラーをつけなかったのにそれを台無しにしたことと、僕を赤ちゃんと呼んだお仕置きです」

赤迫は、抑揚《よくよう》のない口調で言いつつ暖房のスイッチを切った。

「お仕置きって……子供じゃ……」

「まだ、お仕置きが足りませんか？」

赤迫は、中道の薬指の爪に手をかけた。

「嘘、嘘！　もう、やめてくれ！」

中道が、泣き出しそうな顔で手を引いた。

赤迫は、身長百六十センチで体重五十キロ……チビで痩《や》せの体型だ。

スポーツはやったことがなく、容姿も色白で女の子のような目鼻立ちをしており、ひと言で言えば軟弱なタイプだ。

だが、中道は恐れている。

中道だけでなく、徳三もそれは同じだった。

なぜ、腕力も体力もない自分が畏怖《いふ》されるのかの理由は、わからなかった。

あるとすれば、やられたらたとえ何年かかっても十倍以上にしてやり返す自分の執《しつ》拗《よう》かつ容赦《ようしゃ》ない場面を、何度もみてきたからだろう。

「いいですか？　お仕置きに子供も大人も関係ありません。悪いことをすれば、五歳の子供も五十歳の大人も罰を受けなければならないんです」

お仕置きの重要性を教えてくれたのは、赤迫が尊敬するあの人だった。

——慎吾《しんご》。おめえ、なんでお仕置きされるか言ってみろ。

下半身裸の格好で椅子《いす》に縛《しば》りつけられた、当時十歳の赤迫の前に屈《かが》んだあの人は、ライターの火を翳《かざ》しつつ言った。

――僕が、味噌汁《みそしる》を零《こぼ》したからです。

赤迫は、澄《す》んだ瞳であの人をみつめながら答えた。

――そうだ。おめえは、母ちゃんの作ってくれた大事な味噌汁を台無しにした。わざとじゃねえからって、許される問題じゃねえ。アフリカやインドの貧乏なガキ達はよ、食いもんがなくて、鼠《ねずみ》の死骸《しがい》やゴキブリを食ってる。大根と里芋《さといも》の味噌汁なんざ、ガキ達にとっちゃ腰を抜かすほどのご馳走《ちそう》だ。だからよ、父ちゃんは、おめえが二度と繰り返さねえように、心を鬼にしてお仕置きをする。

あの人は、つらそうな顔で言うと煙草《たばこ》をくわえ、ライターで火をつけた――赤々と燃え盛る火先を、赤迫の幼い干《ほ》し杏《あんず》のような陰嚢《いんのう》に押しつけた。

肉の焦《こ》げる匂いと音――あまりの激痛に、視界に閃光《せんこう》が散った。

――ごめんなさい……。

赤迫は激痛に負けないよう歯を食い縛り、心を込めて謝った。
額に脂汗《あぶらあせ》が噴《ふ》き出《だ》し、両足が小刻みに震えた。
苦しみが大きいぶんだけ、悪さをやってしまった証《あかし》――耐えることが、反省している証だ。

――おめえ、許してほしいから謝ってんのか？

あの人が、探るような眼を向けてきた。

――違います。反省しているから、謝りました。
――っつうことはよ、お仕置きを続けられても仕方がねえってことだよな？

あの人は言いながら、火が消え折れ曲がった煙草の火先をライターの炎で炙《あぶ》った。

赤迫は頷《うなず》いた。

――おめえはよ、あいつに比べて優秀だぜ。

あの人は、嬉しそうに口もとを綻《ほころ》ばせ、火傷《やけど》し薄ピンクの真皮が剝き出しになった陰嚢に、ふたたび煙草の火先を押しつけてきた。

奥歯が砕けんばかりに歯を食い縛り、絶叫を飲み下した。

痛みに屈することは、罪を受け入れないということ……反省していないということだ。

――言ってなかったが、おめえには、十歳年上の腹違いの兄貴がいる。俺の嫁さんのガキだ。奴にも、悪さするたびに俺はお仕置きをしてきた。だがよ、奴は反省するどころか、興奮しやがった。皮被《かぶ》った包茎ちんぽをおっ勃《た》ててよ。奴は、実の姉ちゃんの下着の匂い嗅《か》いでせんずりかく変態野郎だった。でかくなったらよ、一人前のツラしやがって俺を目の敵《かたき》にしやがるようになった。おめえには、あんなくそ野郎みたいになってほしくねえから、こうやって愛の鞭《むち》を打ってるのさ。

あの人の愛の深さに、幼心が打ち震えた。

焼け爛《ただ》れる陰嚢の痛みも、あの人のためなら耐えることができる。

――僕は……父さんの期待を……裏切りません……。

――おめえは、いいコだな。あのくそ野郎に、爪の垢《あか》を煎《せん》じて飲ませたいぜ。だがよ、くそ野郎には、もっとひでえお仕置きをした。おめえは、耐えられるか？

あの人は、ズボンのポケットから取り出したわさびのチューブを宙に翳しつつ訊《たず》ねた。

――はい。お兄さんが我慢できたのなら、僕にもできます。

――よっしゃ！　いいコだ。

あの人が、口もとを綻ばせた。

心が弾《はず》んだ。

あの人の笑顔をみるのが、好きだった。

あの人の笑顔をみるために、いい子になると決めた――嫌われないために、いい子になると決めた。

小学校一年のときから、自主的に三時間、自宅学習を始めた。

四教科のテストで、九十点以下を取ったことがなかった。

一年のときから学級委員長を務め、クラスで決め事があるときは、みな、赤迫を頼った。

通信簿も、体育以外はオール5だった。

それでも、赤迫は満足しなかった。

学校でどれだけ優秀な生徒でも、あの人に認められなければ意味がない。

あの人から、お仕置きを受けたことは数知れない。

トイレの水を流し過ぎ、ベルトで背中を百発殴られた。

歯磨き粉をチューブから出し過ぎ、真冬に水風呂に入れられた。

トイレットペーパーを使い過ぎ、便器の中に顔を押し込まれた。

すべて、自分が悪いとわかっていた。

お仕置きされるたびに、より完璧に……より優秀になろうと強く誓った。

——考えているより痛《いて》えぞ。

あの人は言いながら、陰嚢を指で引っ張り、火傷で爛れた傷口にわさびをなすりつけた。

——うっ……。

思わず、呻《うめ》き声が出てしまった。

煙草の火を押しつけられた痛みは瞬間的なものだが、わさびの痛みはいつまでも続いた。

——痛えだろう？　傷口にわさびってやつはよ、ボディブローのようにじわじわと苦しみが増してゆくからよ。やめてくださいと頼んでもいいんだぜ？　まだ十歳なんだからよ、父ちゃんやめて、って、鼻水垂《た》らしながら泣き喚《わめ》けばいいじゃねえか？

お？　お？　お？

あの人のわさびの塊《かたまり》を載せた指先が、傷口にぐりぐりと押しつけられた。

軍隊アリの大軍に性器を齧《かじ》られたような信じられない痛みに、赤迫はきつく眼を閉じた。

痛みを少しでも軽減させるために、頭の中で別のことを考えた。

あの人に褒《ほ》められている自分を想像した——それが、最高の麻酔薬だった。

どんな苦痛も、逆境も、あの人のためなら我慢できた。

あの人がそうしろというのなら、悪魔に魂を売ることも厭《いと》わなかった。

それは、二十四歳になったいまでも、変わらない。


「中道君。爪を剝がされた痛みで、君は自分の発言を反省しなさい。僕を赤ちゃんと呼ぶなんて、たとえ冗談でも許せないことです。なぜなら、君にとって僕は恩師だからです。君は、僕が声をかけなかったら、いまでも個室ＤＶＤで働く、ただの気持ち悪いデブのままです。『汁倶楽部』に所属できたことで、君が何度生まれ変わっても相手にしてもらえないようないい女を、仕事とはいえ抱《だ》ける身分になったんですからね。経済的にも、僕が声をかけるまでは八王子の家賃二万の風呂なし共同トイレの安

アパートでしたよね？　いまは、どんなところに住んでるんですか？」

赤迫は、氷細工のナイフさながらの冷たい眼を中道に向けた。

「渋谷の家賃十五万のマンションだけど……」

「誰のおかげです？」

「あ、赤迫さんのおかげだよ」

「でしょう？　だからもう、僕のことを赤ちゃん呼ばわりしたり、ガソリン代の無駄遣いをさせないでくださいね」

赤迫は、物静かな口調で諭《さと》しながら中道の爪の剝がれた小指を握り締めた。

「痛ぇーっ！」

中道が、空いているほうの手でステアリングを叩き床を踏み鳴らした。

「相変わらず、エグいのぅ〜」

徳三が、入れ歯をカポカポさせながら笑った。

徳三の笑い声に、携帯電話の電子音が割り込んだ。

『あと、十分くらいで到着する』

赤迫が通話ボタンを押した直後に、熊田の潜めた声が受話口から流れてきた。

「了解です。『ミスティ』のビルの向かいに車を停《と》めてありますので、その前を通っ

てください。ふたりとも、スタンバイです」

電話を切った赤迫は、キャップ、サングラス、マスクをつけながら中道と徳三に告げ、ナイフを手にミドルシートに移動した。

「ひさしぶりのバイトじゃのう。ワクワクするわい」

赤迫と同じようにキャップ、サングラス、マスクをつけた徳三が、弾《はず》んだ声で言った。

バイト――裏ビデオの撮影。

「汁倶楽部」の通常の業務は、アダルトビデオの製作会社からのオファーを受けて男優を派遣するというもので、製作業務は請け負っていなかった。

だが、男優のギャラは女優に比べて信じられないほどに安い。

たとえば、単体女優……ピンでもＤＶＤが売れる知名度のある女優のことだが、彼女達のギャラは一本数百万円、超売れっ子になれば一千万円を超える。

それに引き換え、男優は月に二十本以上のオファーがある売れっ子でも、一本あたりのギャラは十数万円程度だ。

デブキャラの中道や老人クンニキャラの徳三は、企画物と呼ばれる単体作品では通用しない二流、三流の複数の女優が出演する作品の仕事が多く、ギャラも一本四、五

万程度だ。

「汁倶楽部」には現在、中道と徳三以外に、蘭華と同伴出勤で「ミスティ」に向かっている熊田の三人の男優が所属していた。

熊田は、勃起時三十二センチという男性器の持ち主で、巨根キャラとして通っている。

三人合わせて、月の売上が百五十万円そこそこで、人件費、家賃、光熱費を払えば、赤迫の手もとには三十万円ほどしか残らない。

裏ビデオの撮影を始めるようになったのも、臨時収入を得るためだった。

盗撮物、熟女物、女子高生物、レズ物、ロリコン物……数あるジャンルの中で、赤迫が選んだのはレイプ物だった。

それもヤラセではなく、本気でレイプしているところを撮影するので、その臨場感は半端ではなく、シナリオのある「偽物」とは迫力も興奮も桁《けた》違いだ。

現在のアダルトビデオの業界はインターネットの普及でＤＶＤが売れなくなり、アダルトサイトからのダウンロード販売が主流になっている。

無修整の動画は日本では違法なので、海外サイトに利用者を導き、課金はドル換算でクレジットカードでの決済となる。

これまでにOL物一本、女子高生物三本、キャバクラ嬢物二本、女子大生物二本、看護師物一本、人妻物一本……計十本の裏ビデオをダウンロード販売してきたが、日本円にして三千万円以上稼いだ。

高校に入学した当時、周囲の誰もが赤迫は将来、官僚か外交官になるものだと思っていた。

赤迫自身、そのつもりだったし、東大の進学率が日本一を誇る偏差値73の「海南高校」で、一年を通して学年で十番以下になったことが一度もないほどの秀才だった。

そんなエリート街道からドロップアウトしてしまったのは、高校二年生のときのある事件がきっかけだった。

警察署の敷地内に建つプレハブ——遺体安置所に案内された当時十七歳の赤迫は、ステンレス製の台に横たわる全裸の遺体の前で凍《い》てついた。

遺体には、顔だけに白い布が被《かぶ》せられていた。

——みないほうが、いいと思うがな。

よく陽に灼《や》けた恰幅《かっぷく》のいい刑事が、渋い表情で言った。

——みせて……ください……。

毅然《きぜん》と言ったつもりだが、赤迫の声は掠《かす》れていた。

——まあ、どうしてもと言うなら仕方がないが……後悔するぞ。

——大丈夫です。

赤迫は、刑事に言うとステンレスの台に歩み寄り、顔を覆《おお》う布を取り去った。

瞬間、顔がどうなっているのかわからなかった。

数秒後、すり鉢状に凹《へこ》んだ遺体の顔の中央部が、銃弾で穴だらけになっているということがわかった。

眼も鼻も口も、無数の銃弾に抉《えぐ》られ原形を留《とど》めていなかった。

——父さ……。

込み上げた胃液が言葉を遮《さえぎ》った。

あの人にかからないように口に手を当て背を向けた赤迫の指の隙間《すきま》から、夥《おびただ》しい量の吐瀉物《としゃぶつ》が溢《あふ》れ出した。

——だから、みないほうがいいって、言ったじゃないか。

刑事が、ため息混じりに言うとティッシュを差し出してきた。

赤迫はティッシュを受け取り、手に付着した汚物を拭《ぬぐ》うと、ふたたびあの人に向き直った。

——父さん……どうして……父さんがこんな……。

言葉にならず、赤迫はあの人の身体に覆い被さり泣き崩れた。

——君には悪いが、鷹場源治《たかばげんじ》はろくでもない男だった。奴のことを恨んでいた男は、

星の数ほどいた。殺されて、当然だ。

吐き捨てるように言う刑事に、赤迫は嗚咽《おえつ》を飲み下しつつ歩み寄った。

——本当は、父さんは優しい人なんですっ。ただ、偏屈で人づき合いが下手なだけです！

赤迫は、刑事に激しく食ってかかった。

——ホトケさんの悪口は言いたくないが、あんな下種《げす》で卑《いや》しい男はみたことがない。

——これ以上、父さんを侮辱したら許しませんよ！

気づいたら、刑事の胸ぐらを摑《つか》んでいた。

——なんだ、その眼は？　やっぱり、親父《おやじ》の血が流れてるな。親父の血が流れてると言えば、もうひとり、源治に負けないくらい……もしかしたら、それ以上の下種で卑

しい男がいたよ。鷹場英一《えいいち》……源治の本妻の息子だ。聞いて驚くなよ。源治は、英一に殺されたんだ。つまり、息子が親父を殺したってわけだ。息子にこんな酷《ひど》い殺されかたされる親父も親父だが、こんなひどい殺しかたをする息子も息子だ。

刑事が、胸倉を摑む赤迫の手を振り解《ほど》きつつ言った。

鷹場英一……あの人から、何千回も聞いた名前。
鷹場英一……恩知らずのひとでなし。
鷹場英一……心のどこかで、いつも意識していた男。

——その……男が、父さんを殺したんですか?

干涸《ひから》び、からからになった声で赤迫は訊ねた。

——ああ、姉貴も絡《から》んで、ヤクザの金を奪い合い、殺し合ったってわけだ。最低の家族だな。

刑事の声が、耳を素通りした。

頭の奥で、激しい音がした。

それは、十七年間築き上げてきたすべての道徳観が壊れる音、歩んでいたレールの壊れる音……そして、夢が壊れる音だった。

携帯電話のメール音が、赤迫を現実に引き戻した。

まもなく通過だ。

熊田からのメールだった。

赤迫は、スライドドアを開けた。

サイドミラーに、熊田とモデル並みにスタイルのいい女の姿が映った。

「こりゃ、かなりの上物だぞい」

背後で、徳三が弾んだ声を出した。

ふたりの足音が、近づいてきた。

視界の端を、蘭華の影が掠《かす》めた――赤迫は車から手を伸ばし、蘭華の腕を引いた。

「なにする……」

熊田が背後から蘭華の唇を手で塞《ふさ》ぎ、車内に押し込んだ。

赤迫は蘭華の眼をアイマスクで、徳三は唇を粘着テープで塞いだ。

「静かにしないと、喉《のど》、パックリいきますよ」

ナイフの刃先を蘭華の白くなだらかに隆起する喉に押し当て、赤迫は耳もとで囁《ささや》いた。

それまでバタついていた蘭華の足の動きがピタリと止まった。

「いい子です」

赤迫が蘭華の栗色の巻き毛を撫《な》でるのを合図に、バンが発進した。

☆　☆

錆《さび》の浮いた鉄扉を開けると、生温い空気が黴《かび》の匂いとともに赤迫の身体を包み込んだ。

四方の壁をコンクリートで囲まれた薄暗くスクエアな空間には、所狭しと段ボール箱が積み上げられていた。

ここ高円寺駅から徒歩十分の雑居ビルの地下室は、普段は「汁倶楽部」の倉庫に使っているが、裏ビデオの撮影のときにもスタジオとして兼用していた。四ヵ月後の十二月には取り壊しが決まっているビルなので、ほかの階に入居しているテナントはなく、撮影にはもってこいの環境だ。

「ちょっと、痛い……離してよ！」

中道と熊田に挟まれ両腕を摑まれている蘭華が、唇の粘着テープを剝がされた途端にヒステリックに叫んだ。

彼女は、恐れている、というより、イラついているようだった。いきなり車に連れ込まれアイマスクをつけられるという状況で、恐怖を感じない蘭華の腹の据《す》わりかたはさすがだった。

「ほな、離してやるさかい」

熊田が、蘭華の腕を思いきり引いた。

室内の中央に勢いよく投げ出された蘭華が、四つん這《ば》いになった。

「ほっほぉ〜う、いいケツしとるのぅ。いままでで、最高のべっぴんさんだぞい、こりゃ」

タイトスカートに包まれた蘭華のヒップラインに舐め回すような視線を這《は》わせてい

た徳三が、喜色満面の表情で言った。

「ほんまや。パイオツもケツもプリプリしてうまそうやな。俺の三十二センチマグナムが暴発してしまいそうや」

熊田が、フランクフルトを詰め込んだようなズボンの股間部の膨らみを擦《こす》り、卑《いや》しく笑った。

つい数十分前までは、関西で成り上がったＩＴ長者を演じていただろう熊田は、下世話な本性を剝き出しにしていた。

熊田の本性――セックス中毒。

熊田は赤迫より十歳上の三十四だが、一日三本の撮影をこなしても風俗に行くほどの精力絶倫男だ。

もともとは、大阪でイメクラ店を経営していた熊田だが、不況の煽《あお》りを受けて倒産させてしまった。東京にタクシーの運転手として出稼ぎにきているところを、客として乗車した赤迫にスカウトされたのだ。

セックス大好きの熊田にとって、ＡＶ男優にならないかという誘いを断る理由などあるわけがなかった。

「あんた達、いい加減にしなよ！　私にこんなことして、ただじゃ済まないわよ！」

蘭華が、アイマスクを剝ぎ取り啖呵《たんか》を切った。

「ほう、ただじゃ済まないって、どないするんや？」

熊田が、おちょくるように訊《たず》ねた。

「私はね……」

赤迫はダッシュし、蘭華の顔面を容赦なく蹴《け》り上げた。

形よく整った鼻から鼻血を噴き出し、蘭華が仰向《あおむ》けに倒れた。

「今回は、バイオレンスタッチってやつか！」

「ほほぅ〜、ゾクゾクするわい」

中道と徳三が、赤迫がなぜ暴力的になったかの本当の理由も知らずにハイテンションになった。

本当の理由——蘭華の口を封じるため。

私はね……の先の言葉を聞いたら、三人はパニックで不能になってレイプどころではなくなってしまうだろう。

「三号さんはビデオを回してください。一号さんと二号さんは、始めてください」

三号の熊田がビデオカメラを手に持ち、一号の徳三が蘭華の下半身に回り、二号の中道がベルトを外しはじめた。

裏ビデオ撮影の際は足がつかないように、名前ではなく「汁倶楽部」に所属した順番で呼び合うようにしていた。

因《ちな》みに、赤迫は〇号《ゼロ》だ。

「痛いですか？　怖いですか？　痛いですか？　怖いですか？」

赤迫は馬乗りになって蘭華の両頬を殴打しながら問いかけた。

みるみる、蘭華の端整な顔が歪《いびつ》に腫《は》れ上がった。

ほどなくして、子猫が皿に入ったミルクを舐めるようなピチャピチャという音が聞こえてきた。

振り返った赤迫の視界に、蘭華のスカートをたくし上げ、太腿の間に顔を埋《うず》めている徳三の姿が入った。

床に這いつくばり、キャップとサングラスはつけたまま、マスクだけを鼻の上にずらしてクンニする様《さま》は滑稽でさえあった。

その傍《かたわ》らではズボンとブリーフを脛《すね》まで下ろした中道が、突き出た太鼓腹を揺すりつつ、勃起しても十センチに満たない貧相なペニスを扱《しご》いていた。

「やっ……やめてっ……やめてーっ！」

蘭華が、狂ったように叫んだ。

赤迫は、カーゴパンツのポケットから取り出したナイフで、蘭華の栗色の巻き髪をザクザクと切り落とした。

徳三は、一心不乱に蘭華の秘部を舐め続けていた。

「おいっ、ジジイっ、いつまで舐めてんだ！　早く、代われよ！」

痺《しび》れを切らした中道が、徳三に噛《か》みついた。

中道の声など聞こえないとでも言うように、徳三はひたすら蘭華の秘部にむしゃぶりついていた。

「いい加減にどけっつってんだよ、インポジジイが！」

中道は徳三の襟首《えりくび》を摑み蘭華から引き剝がすと、メタボ塗《まみ》れの下腹を太腿の間に埋めた。

「なにするんじゃ、デブ粗チンめが！」

引っくり返ったカマドウマのように仰向けの体勢でもがきながら、徳三が毒づいた。

赤迫は、ナイフで髪を切り落とし続けた。

蘭華のエレガントなヘアスタイルが、あっという間に斑《まだら》坊主になった。

「うぉっふ……た、たまんねえよ……このオマンコはよ……」

脂肪がたっぷりと詰め込まれた頰肉をぶるぶると震わせ天を仰いだ中道が、法悦《ほうえつ》の

声を漏らした。

蘭華に馬乗りになっている赤迫の身体が、中道のピストン運動で前後に揺れた。

赤迫はナイフをアイスピックのように握り、蘭華の右頬に突き立てると上から下に引いた。

蘭華の絶叫が、空気を切り裂いた。

ギザギザに裂けた皮膚から鮮血が滲《にじ》み黄白色の脂肪が食《は》み出した。

「おいおい、○号……やり過ぎやろ!?」

熊田がビデオカメラから顔を離し、眼を見開いた。

「余計なことは気にしなくていいですから、集中していい画《え》を撮ってください」

赤迫は涼しい顔で言うと、今度は左の頬肉を同じように抉《えぐ》った。

ふたたびの絶叫が、裸電球がぶら下がる灰色の天井に吸い込まれた。

「うふぁん……叫ぶ……たびに……締めつけて……きやがる……」

中道が、気色の悪いよがり声を上げげた。

「どうですか?　坊主の化け物顔にされてデブに犯される気持ちは?」

赤迫はナイフをポケットにしまい、サディスティックな口調で訊ねた。

「殺してやる……私のパパは……大神会《だいしんかい》の……会長なんだ……から……絶対……殺し

てやる……」

「え⁉」

中道の腰の動きが止まった。

「大神会⁉」

熊田が素《す》っ頓狂《とんきょう》な声で繰り返した。

「ヤクザの親分の娘かい……ちょいと、まずいんじゃないのかのう」

いつも飄々《ひょうひょう》としている徳三の声も、硬く強張《こわば》っていた。

無理もない。

大神会は、構成員数一万二千人の関東最大手の指定暴力団だ。

カメラを回す前に、蘭華に言わせなくて正解だった。

中道など、ペニスが萎《しぼ》んでしまい使いものにならなくなったに違いない。

「頬の傷、化膿したら困るから消毒しますね」

赤迫は物静かな口調で言うと立ち上がり、ファスナーを下ろすと蘭華の顔に放尿を始めた。

「ちょっ、お、おいっ、なにやってんだ！　やめろよっ」

中道が、カブト虫の幼虫さながらに縮み上がったペニスも露《あらわ》に、赤迫を咎《とが》めてきた。

「大神会の会長やってるパパに、伝えてください。僕は、鷹場英一と言います。逃げも隠れもしませんから、いつでもどうぞ。二号さんと三号さん。僕は食事に出ますから、その間に蘭華さんを適当な場所に捨ててきてください」

赤迫は尿塗れの蘭華に言うと、唖然とした表情の中道と熊田に命じ出口へ向かった。

ゴキブリの死骸や吸殻《すいがら》を踏み潰しながら、赤迫は薄暗い階段を上り外へ出た。

星ひとつ出ていない空を見上げた。

「安心してください。父さんの無念は、僕が晴らします」

漆黒《しっこく》の闇空に浮かぶあの人に、赤迫は誓った。

2

トイレットペーパーのロールをホルダーから外し、切断面に定規を当てた。

芯の縁から紙の縁外までの長さは、約五センチ。

昨夜、寝る前に計ったときは六センチはあった。

「あの野郎……」

鷹場は怒りに震えた声で呟《つぶや》き、トイレを出ると部屋に戻った。

傷だらけのフローリング床の六畳の空間には、パイプベッド、来客用のパイプ椅子が三脚、安っぽいスチールデスクが一脚、いまどき天然記念物もののワンドアタイプの冷蔵庫、十四インチの貧相なテレビが設置されていた。

これらの家具や電化製品は、すべて、粗大ゴミとして捨てられていたものだ。

ほかにも、電子レンジ、トースター、空気清浄機なども拾ってきていた。

家具や電化製品ばかりではない。

鷹場が身につけている黒のスエットの上下も、他人の家の軒先《のきさき》に干されていたものを盗んできたものだ。

金がないわけではない。

ないどころか、これまでに貯めた金は十億ではきかない。

使えば減る。使わなければ貯まる——それが金だ。

単純な真実に、鷹場は忠実に従っているだけだった。

嫌な予感に苛《さいな》まれ、鷹場は冷蔵庫を開けた。

頭に刻み込んだ冷蔵庫内の構図に違和感があった。

タッパーに入れた枝豆の数が、微妙に減っていた。

それだけではなく、三切れ残っていたはずの玉子焼きがふた切れになっていた。

「くそ野郎が……」

ふたたび、鷹場は震え声を絞り出した。

鷹場はデスクチェアに座り、怒りを静めるために灰皿に転がる吸い差しの煙草に爪楊枝《つまようじ》を刺し、火をつけた。

守銭奴、金の亡者、究極の拝金主義者、ドケチ……いままでに、何千回も言われてきたことだ。

構わなかった。

自分は、金がない善人よりも金がある悪人の人生を迷いなく選ぶ。

どれだけ心のきれいな人間であっても、金がなければ心臓移植が必要な子供を救えない。

どれだけ心が汚い人間であっても、金があれば心臓移植が必要な子供を救える。

どれだけ思いやりのある人間であっても、金がなければ立ち退きを迫《せま》られている無力な老夫婦を救えない。

どれだけ極悪非道な人間であっても、金があれば立ち退きを迫られている無力な老夫婦を救える。

果たして、人助けできない貧乏人を善人と呼べるだろうか？

果たして、人助けできる金持ちを悪人と呼べるだろうか？

善悪の基準をなにに置くかで答えは違ってくるだろうが、ひとつだけはっきりしているのは、金がなければ結果を出せないということだ。

希望があれば……。

鷹場が嫌いな人種が好んで使う言葉だ。

「希望」だけでは、腹は満たせない。

「希望」だけでは、病気を治せない。

「希望」だけでは、人を救えない。

人生の敗北者……金のない無力な者ほど、希望や夢などというなんの根拠もないあやふやな言葉で己《おのれ》を正当化する。

鷹場は、吸い差しの煙草に火をつけ、いがらっぽい紫煙を肺奥に吸い込み眼を閉じた。

溝鼠——裏社会で、そう呼ばれていた。

溝鼠——闇の住人で、自分の呼称を知らない者はいない。

溝鼠——金で人の恨みを晴らす復讐代行屋。

溝鼠――受けた恩は三分で忘れ、受けた屈辱は三十年経《た》っても忘れない。
溝鼠――実の姉を、愛して、愛して、愛し抜いた末に殺した。
溝鼠――実の父を、憎んで、憎んで、憎み抜いた末に殺した。

実の姉――澪《みお》。あんなに美しく、セクシーで魅力的な女を鷹場は知らない。
殺したのは、金のためだ。
実の父――源治。あんなに卑しく、狡賢《ずるがしこ》く、卑劣な男を鷹場は知らない。
殺したのは、金のためだ。

鷹場にとって、金に勝るものはない。

ビルの屋上から落ちかけた幼子《おさなご》を右手に、百万円の入ったバッグを左手に持っていたとし、どちらかの手を離さなければならないとすれば、自分は迷わず幼子の手を離す。

百円を賽銭箱《さいせんばこ》に投げれば一国の戦争を終わらせることができるとしても、自分はそれをしない。

幼子の命より、百万円のほうが遥《はる》かに大事だ。

どこかの国がどうなろうが、百円のほうが遥かに大事だ。

金を手にするために、悪魔に魂を売ってきた。

ターゲットのフランス料理店のフロアに、一千匹のゴキブリを放した。

ターゲットの中学校教諭の授業中に、五人のデリヘル嬢を派遣した。

ターゲットのモデルの顔をカッターナイフでズタズタに切り裂き、丸坊主にしてレイプした。

ターゲットの福祉施設のプレイルームに、バケツ十杯ぶんの糞を撒《ま》いた。

ターゲットのピアニストの十指の爪《つめ》をペンチで剝《は》がし、金槌《かなづち》で打ち砕いた。

ターゲットとはすべて初対面であり、もちろん、なんの恨《うら》みもない。

動機はいらない。

依頼人から金を貰った――理由は、ただそれだけのこと。

それ以上でもそれ以下でもない。

金のために見ず知らずの他人を地獄に叩き落とすことに、微塵《みじん》の罪悪感もない。

復讐代行屋「幸福企画」を創設したのが七年前――二十七歳のときだった。

ヤクザの組長から金を奪い、源治を殺してフィリピンに身を潜めた。

モデル顔負けの端整な顔立ちを整形手術で不細工顔に変え、新しい戸籍を取得して帰国したのが二年後。「青い鳥企画」と社名を変え、ふたたび裏社会に復活した。

それから五年……特別に看板を掲げているわけではないが、噂が噂を呼び、鷹場のもとには様々な世界から様々な依頼が舞い込むようになった。

依頼者の中には、ヤクザや政治家もいた。

与党の大臣経験者は、若い愛人を寝取ったサッカー選手を半身不随にしてほしいと依頼してきた。

鷹場は、サッカー選手が深夜に自宅マンションに戻ってきたときに配下三人で襲撃した。

金属バットで脊椎《せきつい》を徹底的に殴りつけられたサッカー選手は、当然、引退に追い込まれ、いまでも、車椅子での生活を余儀なくされている。

関西の広域組織の組長は、ある三人の不良高校生を半殺しにしてほしいと依頼してきた。

ヤクザの親分なら組員に命じて不良高校生をシメればいいと疑問を感じたが、その

疑問はすぐに解けた。

組長は、不良高校生の三人に金品を巻き上げられた……つまり、親父《おやじ》狩りにあっていたのだ。

復讐しようにも、まさか組員達に、高校生に身包《みぐる》み剝がされたなど、ヤクザの親分の名誉にかけて口が裂けても言えない。

鷹場は、組長から聞いた高校生達の学校に五人で押しかけ、三人を車で拉致《らち》し、廃墟《はいきょ》に連れ込んだ——全裸にし、陰毛を剃《そ》り、体中に煙草の火を押しつけ火傷痕でダルメシアン状態にした。

政治家も組長も、恨みを晴らすことと引き換えに、鷹場に弱みを握られる格好になった。

鷹場は、ふたりに金品を要求することをしなかった。

金が命の鷹場にとって、奇跡と言ってもよかった。

もちろん、したたかな計算があってのことだ。

弱みにつけ込み金をゆすれば、数千万は引っ張れるに違いなかった。

だが、相手が相手だ。

下手をすれば、逆襲されて命を落とす危険性もある。

それよりは、なにも要求せず、政治家と組長に「貸し」を作っておいたほうが賢明だった。

表社会と裏社会の実力者が背後についているとなれば、闇世界の住人も迂闊《うかつ》に鷹場に手を出すことはできない。

じっさい、「鷹場英一にだけは手を出すな」という噂が広がり、いつの間にか、闇世界のフィクサー的存在になった。

「ヤバい奴」という意味では、昔から怖れられてはいた。

しかしその「ヤバさ」は、偏執狂、狂気、根深さ、守銭奴といった類《たぐ》いのものであり、権力者という類いのものではなかった。

忌《い》み嫌われ、こそこそと立ち回り、闇夜に背後から不意打ちするというやりかた——それが、「溝鼠」、鷹場英一のイメージだった。

ところが、大物政治家と大物ヤクザが背後についたことで、鷹場は同業者はもちろんのこと、闇金融、裏風俗、カジノなどのアンダーグラウンドの住人からも「アンタッチャブルな存在」として特別視されるようになった。

卑劣と卑怯《ひきょう》の間に生まれたような……姑息《こそく》と狡猾《こうかつ》の間に生まれたような男が、いまでは、泣く子も黙るようなコワモテ達から畏怖《いふ》される存在になった。

人生とは不思議なものだ。

とうの昔に野垂《のた》れ死んでいてもおかしくない男が、闇社会のフィクサーとまで呼ばれるようになった。

鷹場は眼を開け、椅子から腰を上げると窓辺に立った。

闇に支配された百人町の裏路地――頼りない電灯の明かりが、下呂《げろ》に塗《まみ》れたアスファルトをぼんやりと照らしていた。

ゴミ袋を食い破る痩《や》せこけた野良猫とともに残飯を漁《あさ》るホームレス――他人の恨みを金で晴らす自分に相応《ふさわ》しい場所。

胸に広がる安堵感――どれだけ金持ちになろうが、どれだけ権力を摑《つか》もうが、鷹場にはわかっていた。

自分には、薄暗くじめじめとした裏路地がお似合いだということが。

鷹場英一事務所――いまの社名だ。

鷹場は、七年前の宝田《たからだ》組との銃撃戦の末に、源治を殺害した。

その後、警察とヤクザから逃れるためにフィリピンに逃亡し、顔を整形し戸籍を変えて日本に再入国した。

だが、いまは、堂々と鷹場英一を名乗っている。

なぜ、警察にもヤクザにも捕まらずに堂々としていられるのか？

理由は明白だ。

例の大物政治家と広域組織の組長が、警察庁と宝田組の残党に圧力をかけたのだ。

「息子がよ、親父超えして嬉しいか？」

鷹場は相変わらず残飯を漁る野良猫とホームレスを見下ろしながら、心の中の源治に語りかけた。

源治は死んだ——自分が殺した。

だが、鷹場の心の中では生きている。

この世で一番忌《い》み嫌っていた源治だが、いつしか、その忌み嫌っていた父親そっくりの男になってしまった。

昔は、そんな自分を嫌悪した。

しかし、あるときから抗《あらが》うことをやめ、源治を受け入れることにした。

鬼畜の下種男を許したわけではない。

逆だ。

許さないからこそ、受け入れたのだ。

逃げようとすればするほど、源治の亡霊は力を増す。

ならば、「同族」であると受け入れ、源治以上の力を持てばいい。

そうすれば、源治の亡霊は力を失い、畏《おそ》れる必要も自己嫌悪に陥《おちい》る必要もなかった。

いま、もし、源治が目の前に現われても、自分が動揺することはないだろう。

それだけの、権力を手にした。

娘と息子を虐《しいた》げ、ヤクザから金を持ち逃げし、こそこそと隠れながら暮らしていた源治とはわけが違う。

ノックの音――この安マンションに、オートロックなどという洒落《しゃれ》た設備はない。

鷹場は玄関に足を向け、ドアスコープを覗《のぞ》いた。

レンズに映るのは、坊主の肥満男と棒のように細い男――スタッフの福丸《ふくまる》と松永《まつなが》だった。

鷹場は気を抜かず、靴箱《くつばこ》の上に備えている警棒状のスタンガンを手にしてチェーンロックをかけたままドアを開けた。

「お疲れ様す。依頼者に会ってきましたす。近くのカフェで待たせてあるす」

顔中、汗塗れの福丸が馬鹿丸出しの言葉遣いで言った。

鷹場は、ふたり以外に誰もいないことを確認し、チェーンロックを外した。

まだ、気を抜かなかった。

ふたりが部屋に入り靴を脱いでいる間中、鷹場はずっとスタンガンの電極を向けたままだった。

もし福丸と松永が二十年来の友人であったとしても、所詮《しょせん》は他人。

血の繋《つな》がった実の父親に脅され、殺されかけた鷹場には、いつ、誰が敵になっても不思議ではないという思いがあたりまえにあった。

カギをかけた鷹場は、ふたりをパイプ椅子に促《うなが》した。

「で、どんな依頼者だった？」

鷹場はふたりの正面に座り、すかさず訊ねた。

「依頼者は、中野駅前で中華料理店を経営している五木《いつき》という五十五歳のおっさんなんす。なんでも、ひとり娘の仇を討ちたいとかで、ウチの噂を聞きつけコンタクトしてきたみたいなんす」

福丸が、Tシャツの裾《すそ》で顔の汗を拭きながら報告した。

この部屋には、クーラーはおろか扇風機もないので、室内はうだるような暑さだった。

百八十センチ、百三十キロの巨漢なので、この暑さは相当に応《こた》えるのだろう。

だが、福丸はただのデブではない。

「鷹場英一事務所」に入る前は力士をやっていた。

それも、十両までいった実力者だが、小学生の女の子に破廉恥《はれんち》な行為をするという事件を起こし、相撲界を追放された。

ロリコン変態力士を受け入れてくれる職場はなく、先に「鷹場英一事務所」で働いていた幼馴染《おさなな じ》みの松永の紹介で入ったのだった。

学もない、手に職もない福丸の取り得は力と押し出しだけだった。

頭は悪いが、見た目の迫力は相当なものなので、ボディガード要員として雇うことにしたのだ。

「内容は？」

鷹場が訊ねると、松永がメモ帳を開いた。

「五木には、二十歳になる愛香《あいか》という娘がいるんですが、ある男達にレイプされて、それをビデオに撮られたようですね」

松永が、もやしのように貧弱な顎鬚《あごひげ》を指先で捻《ひね》りながら暗い声で言った。

「鷹場英一事務所」の創業時からいる松永は、元々は第一号の依頼者だった。

——私のダイゴロウをひどい目に合わせた父を、痛めつけてやってください。

なんと松永は、飼っていた柴犬を保健所に連れて行った父親への復讐を依頼してきたのだった。

しかも驚くべきことは、その柴犬の話は二十年以上も前のエピソードだということだ。

鷹場が、自分に肉薄するくらい執念深い松永をスカウトしたのは言うまでもない。

「ある男達ってのは？」

鷹場は、松永のオカメコオロギさながらに突き出た頬骨に視線をやりながら訊ねた。

「『汁倶楽部』というアダルトビデオの男優の所属事務所の奴らです」

「『汁倶楽部』だと？　ふざけた名前だ。で、その中華屋のおっさんはいくら出すんだ？」

鷹場は、報酬額を訊ねた。

それが多額なら、依頼者が百のうち百悪くても依頼を受ける。

それがはした金なら、依頼者が百のうち百正しくても依頼は受けない。

地獄の沙汰も金次第、というやつだ。

「前金二百万、成功報酬二百万の計四百万が限界みたいです」

「中華屋のおっさんにしちゃ、上出来じゃねえか。引き受けていいぞ。前金とターゲットのデータを貰《もら》ってこい」

鷹場が言うと、福丸と松永が腰を上げた。

すかさず鷹場も立ち上がり、パイプ椅子を振り上げて福丸の後頭部を殴りつけた。

つむじのあたりから鮮血が噴き出し、福丸が前のめりに倒れた。

「しゃ……社長……ど……どうしたんですか……?」

驚愕に青褪《あおざ》めた松永が、恐る恐る訊ねた。

無理もない。

これから依頼者のもとへ向かおうとしていた矢先に、いきなり社長にパイプ椅子で殴られたのだから。

「この豚野郎はよ、トイレットペーパーを一度に一センチも使い、俺の枝豆と玉子焼きを盗み食いしやがった。だから、お仕置きしたってわけだ」

後頭部から血を流しうつ伏せに倒れる福丸を無表情に見下ろす鷹場に、松永が表情と声を失った。

3

鷹場は、うつ伏せに倒れる福丸の鮮血に塗れる後頭部を踏みつけた。

「トイレットペーパーはよ、一度の糞で一回転以上させるんじゃねえ。俺の食いモンをよ、たとえグリーンピースひと粒でも勝手に食うんじゃねえ。豚野郎、わかったか!?」

鷹場は福丸の後頭部の傷口を踏み躙《にじ》りながら、憎々しげに吐き捨てた。

「わ、わかり……ました……」

切れ切れの声で、福丸が言った。

「声が小せえな。反省してねえから、ふて腐れてんのか？ てめえはよ」

「い、いいえ……あ、頭がぼんやりして……声に……力が入らないす……」

「ほう、おめえ、椅子で頭を殴られたから、つまりよ、俺のせいで声が出ないって言いてえのか？ お？」

鷹場は屈み、髪の毛を鷲摑《わしづか》みにして福丸の顔を引き上げ、耳もとで囁いた。

「そ、そんなこと……ないす……」

「だよなぁ？　あれほど言ってんのによ、残りが一センチも減るほどトイレットペーパーを無駄使いしたりよ、俺が愉《たの》しみに取っておいた枝豆と玉子焼きを盗み食いしたりよ、パイプ椅子で頭カチ割られるくらいの悪さを、やったんだもんな」

ネチネチと責め立てながら、鷹場は煙草をくわえ火をつけた。

「はい……俺が悪いす……」

蚊《か》の鳴くような声で、福丸が言った。

「社長、もうそろそろ、依頼客のところに行かなければならないんですが……」

松永が、怖々と口を挟んできた。

「まあ、待てや。いま、こいつがいかに嘘吐《つ》きかってことを証明してやるからよ」

鷹場は言うと、赤々と燃える煙草の火先を福丸のパックリ裂けた後頭部の傷に押しつけた。

「うぁっちゃーっ！」

鼓膜《こまく》を劈《つんざ》くような雄叫びに、鷹場の頭蓋骨は恍惚《こうこつ》に軋《きし》んだ。

「な？　声に力が入らないなんて、嘘だろう？」

松永を振り返った鷹場の股間は、ズボンがはちきれんばかりに膨《ふく》らんでいた。

「そうですね……こいつ、嘘吐いてたんですね」

うわずる声で吐き捨てる松永の股間もまた、鷹場に負けないくらいに怒張《どちょう》していた。

「一服、吸うか？」

頷《うなず》く松永に、鷹場は火をつけた新しい煙草を差し出した。

「嘘はいけねえよ！　嘘だけはいけねえ！」

突然、薄い頭髪を振り乱した松永が、受け取った煙草の火先を福丸のうなじに捻《ね》じりつけた。

「あっうぁっち！」

福丸が、陸地に打ち上げられたセイウチのようにのた打ち回った。

「嘘はいけねえっ、嘘はいけねえ！」

なおも、松永は霊に憑依《ひょうい》されたように一心不乱に福丸の耳朶《みみたぶ》や頰に煙草の火先を押しつけ続けた。

松永もまた、自分と同レベルの変質者だった。

「おめえも好きだな。行くぞ」

鷹場は、ハイテンションの松永を置き去りに部屋を出た。

☆　　☆

新大久保駅から徒歩数分のカフェ「ロンシャン」にいる十数人の客のうち、約半数はアジア系の男女だった。

土地柄、韓国人が多いが、中には肌の浅黒いヒスパニック系と思《おぼ》しき人種も混じっていた。

日本人客も、やたらと顔色や眼つきの悪い男や、ひと目で水商売系の女とわかる「人種」ばかりだ。

その中で、窓際に座る真面目《まじめ》一徹を絵に描いたような謹厳実直そうな胡麻塩《ごましお》坊主の初老の男は浮いていた。

「五木さん、お待たせしました」

松永が、笑顔で窓際《まどぎわ》の初老の男……五木に歩み寄った。

「あ、どうも……」

五木が、松永の背後にいる鷹場を認め、息を呑んだ。

無理もない。

腫《は》れぼったい瞼《まぶた》、ひしゃげた鼻、分厚い唇——五年前に鷹場は、警察から逃れるために整形手術を受けた。

ただし、ハーフ並みに彫《ほ》りの深い二枚目だった鷹場は、不細工になる手術を受けた

のだ。

「娘の仇討ちしたいんだって？」

自己紹介もなしに席に座るなり鷹場は五木の煙草をパッケージごと手もとに引き寄せた。

瞬間、微《かす》かに眼を見開いた五木だったが、なにも言ってはこなかった。

「あ、はい。娘をキズものにした男達を、許せなくて……」

五木が、薄い唇を怒りに震わせた。

パグを彷彿《ほうふつ》させる飛び出し気味のどんぐり眼《まなこ》は充血し、涙ぐんでいた。

鷹場は、奪い取った煙草に火をつけながら掌《てのひら》を五木に向けた。

「はい？」

五木が、怪訝《けげん》な顔で首を傾《かし》げた。

「前金だよ、前金」

「あ、すみません！」

鷹場が掌をヒラヒラとさせると、慌《あわ》てて五木が昭和世代を感じさせる黒のセカンドバッグから取り出した分厚く膨らんだ銀行の封筒をテーブルに置いた。

鷹場は、封筒の中から札束を引き抜き華麗な指捌《さば》きで数え始めた。

一分そこそこで、札束を数え終えた鷹場は五木を上目遣いでみつめた。

「二百万しかないじゃねえか?」

「え……総額四百万のうちの半金ですが……」

「あ? 誰が、四百万って言ったよ」

鷹場は、押し殺した声で言った。

「ど……どういう意味ですか? こちらの方から、報酬は四百万というふうに聞いてるんですが……」

五木が、怪訝な顔になった。

「おめえよ、そんなこと言ったのか?」

鷹場が、松永に視線を移した。

「いえ、報酬が四百万と言ったのではなく、五木さんがその額しか払えないということなので、仕方なくそう言っただけです」

松永が、淡々とした口調で言った。

「娘が、ろくでなしの鬼畜達にレイプされたんだろうが? まんこによ、薄汚いちんぽを何本もぶち込まれてよ、代わる代わるフェラチオさせられてよ、大事な娘がそんな目にあってんのによ、金がねえからって、それでいいのか? お?」

「いいわけないですよっ。できるなら、ぶっ殺してやりたいですよ！」

五木が、こめかみに太い血管を浮かせ吐き捨てた。

「ならよ、娘の仇討ちのために、もっと金出せや。そうすればよ、そのろくでなしどもをひとり残らず地獄に叩き落としてやるぜ」

「そうしたい気持ちは重々あるのですが……四百万が、精一杯なんです。私らの商売は一杯何百円の世界なんで、このお金も親戚中から借り集めて工面《くめん》したんです」

つい数秒前の勢いが嘘のように、五木が弱々しい声を出した。

「だったらよ、娘の仇討ちなんて諦《あきら》めるんだな」

突き放すように言い残し、鷹場は灰皿に吸い差しの煙草を押しつけると腰を上げた。

「待ってくださいっ。あの、あと、おいくら払えば引き受けてくれるんでしょうか？」

五木が鷹場の袖口《そでぐち》を摑み、縋《すが》る瞳を向けてきた。

「相手は複数犯だし、八百は貰わねえと割りに合わねえな」

鷹場の言葉に、五木だけでなく松永までもが驚いたように眼を見開いた。

それも、無理のない話だ。

四百万でさえ借金してようやく搔《か》き集めた中華屋の親父に、倍の八百万を要求して

いるのだから。

「は、八……そんな大金、無理ですよ……」

五木の顔が、みるみる青褪めた。

「おめえよ、本当に、娘の気持ちを考えてんのか？　お？　さっきも言ったが、娘はよ、ケダモノ達のカチカチになったちんぽを次々にぶち込まれたんだぜ？　お？　顔によ、ケダモノ達の精子をぶっかけられてどろどろになってよ。泣いても叫んでも、前から、後ろから犯されまくってよ。しかもよ、それをビデオに撮られたっていうじゃねえか？　奴らを痛めつけて回収しとかねえとよ、裏市場に出回って不特定多数の奴らの眼に触れるんだぜ？　娘が将来の婚約者にもしそんなビデオを観《み》られたら？将来、子供に観られたら？　相当心の広い婚約者じゃねえと、捨てられるのがオチだな。子供なんてよ、お前の母ちゃん、誰とでもセックスするんだろ？　俺ともやらせてくれよ、なんて、イジメられるのは眼にみえてるってもんだ。金で娘の人生を救えるなら、安いもんだろうがよ？　それともよ、娘より金が大事ってか？」

鷹場は、これでもかとばかりに、五木の心の傷口に塩をすり込むような生々しく残酷な言葉の数々を浴びせかけた。

「そんなわけありません！　ただ、しがない中華屋の店主に、八百万なんて大金は

……」

五木は勢いよく否定したものの、報酬のことになると一気にトーンダウンした。

「おめえ、借金はあんのか？」

「先ほども言いましたが、今回の報酬を作るのに親戚中から借金をしました」

「そうじゃねえ。俺が訊《き》いてんのは、銀行や街金から借り入れがあんのかってことだ」

「いえ、そういった関係にはありません。私の兄が金にだらしのない男で、取立て業者が家に押しかけてくるのを、いやというほどみてますから。貧乏暇なしですが、無借金経営だけなのが取り得です」

五木が、誇らしげに胸を張った。

「だったらよ、あと四百万くらい借りれるじゃねえか？」

鷹場は、腐った卵白さながらに淀《よど》んだ眼で五木を見据《みす》えた。

「私に、街金やサラ金から借金をしろと……？」

「嫌なら無理にとは言わねえ。俺はどうだっていい。ただ、おめえの娘の残り何十年の人生が恥辱に塗《まみ》れたものになるってことだ」

罪悪感、恐怖、不安を矢継ぎ早に浴びせかけられた五木の顔が、蠟《ろう》人形並みに血の

気を失った。

「わ……わかりました。ただ、街金とかサラ金……で借りたことないんで、どういうとこ行ったらいいか……」

「ここに電話しろ」

鷹場は、一枚のチラシを五木に差し出した。

「『お助け屋』？　ここ、なんですか？」

チラシから鷹場に視線を移した五木が、不安そうに訊ねてきた。

「困ってる人間を助ける店だ。ここの社長は野呂《のろ》というんだが、鷹場からの紹介と言えば四百を即日融資してくれる」

松永が、弾かれたように鷹場をみた。

そのリアクションの意味が、鷹場にはもちろんわかっていた。

「四百万を、即日ですか？　あの……お利息とか、高いんでしょうね？」

五木の不安顔に拍車がかかった。

「いいや。四百万借りたら、一ヵ月後に四千円の利息しかつかねえ」

「意外と、安いもんですね。ですが、利息が安くても、元金を返せないんじゃ……」

長いため息を吐き、五木が項垂《うなだ》れた。

「それは、大丈夫だ。月に最低でも利息の四千円ずつ事務所に持参すれば、元金は据え置きになるから安心しろ」

「その野呂って方、ヤクザさんとかじゃないですよね？」

「ああ、真面目な堅気《かたぎ》だ」

ただし、おやじ専のゲイだがな、という言葉を口には出さなかった。

野呂は、もともと「鷹場英一事務所」の客で、還暦を迎えた彼氏を寝取った同じく還暦の男性に復讐してほしい、という依頼を持ちかけてきた。

因みに野呂は三十歳で、長身痩軀《そうく》の優男《やさおとこ》だ。

性癖さえなければ、女には困らないほどの二枚目だ。

野呂が大金を即金で貸すのは、五十歳以上の男だけだ。

どんなに年収が高く堅い会社に勤めていても、五十歳以下だったり女性であれば一万円の融資もしない。

ようするに、金儲けではなく屈折した「性欲」を満たすために野呂は融資を行うのだ。

そう、五木は、元金を据え置きにしてもらう代わりに、毎月、利息の四千円を事務所に持参するたびに野呂に「抱かれる」ことになるというわけだ。

それが嫌なら、四百万円を一括返済するしかない。

鷹場からすれば、報酬の八百万円が入りさえすれば、五木が野呂の餌食《えじき》になろうがなるまいがどうでもよかった。

鷹場は、より高い報酬を得ることができ、野呂は好みの男を調達してもらえる——ふたりは、アリとアブラムシのように、持ちつ持たれつの関係だった。

「わ、わかりました。四百万を……お借りします」

五木がうわずった声で言い頭を下げるのを横目に、鷹場は携帯電話を手に取った。

電話帳を呼び出し、「お助け屋」の事務所の番号を押した。

『もしもし』

二回目のコールの途中で、太く艶《つや》のある低音が流れてきた。

「俺だ」

『あ、こりゃどうも。「ご馳走」、紹介してくれるんですか？』

野呂が、弾んだ声で訊ねてきた。

「ああ。五木という都内でよ、中華屋を経営している男だ。本人申告では、街金やサラ金じゃ借りてねえらしい。いまから向かわせようと思うんだが、四百、都合つけてほしい」

『そりゃ構いませんが、五木ってのは、五十を超えてるんでしょうね？』

「ああ、もちろんだぜ」

『うっひょー！　うまそう！　で、で、そのおっさんは、メタボちっくですか？　鷹場さんは知ってると思うんですが、俺、ガリはNGなんですよね。かといって、デブ過ぎたり鍛えてますって肉体もNGです。ほどよく腹回りに脂肪《しぼう》が乗って、それでいながら胸板は薄く腕は細くて……くたびれた感じのおっさんタイプが最高に燃える……』

「おめえの審査基準を満たしてるのは保証する。いまから向かわせるから、頼んだぜ」

変質的欲望の炎を燃え上がらせる野呂を遮《さえぎ》り一方的に告げると、鷹場は電話を切った。

「貸してくれるそうだ。松永、ついてって金を受け取ってこいや」

鷹場は松永に命じると、席を立った。

「あの、娘を陵　辱《りょうじょく》した男達を……」

「心配はいらねえ。『汁倶楽部』とかいうエロビデオ会社の奴らによ、死が魅力的にみえるほどの『生き地獄』を、味わわせてやるからよ」

五木に薄気味の悪い笑み《え》を残し、鷹場は出入り口の自動ドアに向かった。

約束したのは、娘の仇討ちでも、五木を憐《あわ》れに思ったわけでもない。

成功報酬の半金を手にするためだ。

「ロンシャン」の外に出ると、路肩に連ねて停《と》めてあった二台の黒塗りのベンツの七つのドアが一斉に開き、スーツ姿の風体の悪い男達が降りてきた。

男達の数は七人……みな、知らない顔ばかりだった。

「お前、鷹場英一だな？」

肌が浅黒く耳にダイヤのピアスを嵌《は》めた厳《いか》つい顔をした男が、剣呑《けんのん》な空気を漂わせつつ訊ねてきた。

七人の男達は、あっという間に鷹場を取り囲んだ。

男達は、ヤクザだろう。

昔の自分なら恐れたかもしれないが、いまは違う。

恐れるどころか、元依頼客だった大物政治家と大物ヤクザの弱みを握ることで庇護《ひご》されている鷹場にとって、そこらのチンピラなど糞にたかる銀蠅《ぎんばえ》か腐敗物にたかるショウジョウバエ程度の存在でしかない。

「おめえらは？」

鷹場は、ヤクザをどろりとした眼で見据えて訊ね返した。

4

十坪ほどのスペースの事務所内の暗鬱《あんうつ》な空気に、入り口に設置されたソファに座る徳三が茶を啜《すす》る音がやけに大きく響き渡った。

池袋西口の「汁倶楽部」に戻って約一時間、徳三はずっと同じ姿勢で座り硬い表情をし、ひと言も発しなかった。

いつもと変わらない裏ＤＶＤの撮影、いつもと変わらずターゲットをクンニしまくる徳三……いつもと違うのは、ターゲットの素性。

赤迫は、蘭華が関東最大手の指定暴力団の会長の娘であるということを知っていた。知っているもなにも、大親分の娘だからこそターゲットにした。

——大神会の会長やってるパパに、伝えてください。僕は、鷹場英一と言います。逃げも隠れもしませんから、いつでもどうぞ。

鷹場英一——尊敬して止《や》まない父、源治からその存在を聞かされてから、片時も忘れたことはなかった。

鷹場英一——尊敬して止まない父、源治から腹違いの兄だと聞かされてから、片時も忘れたことはなかった。

鷹場英一——尊敬して止まない父、源治を殺した怨敵《おんてき》と刑事に聞かされてから、赤迫は固く誓った。

必ず、源治の仇を討つことを——世界で一番の苦痛と恐怖を与えることを。

そう、鷹場を嵌めるために、赤迫はまずは身内から欺《あざむ》いた。

窓際のデスクでパソコンを開いた赤迫は、いつもと変わらない涼しい顔でメーカー宛ての請求書を作成していた。

視線を、ディスプレイの右下に表示されるデジタル時計に移した。

0：45……中道と熊田が蘭華を「捨て」に行ってから、まもなく二時間が経とうとしていた。

「どうする気じゃ？」

徳三が、事務所に戻ってきて初めて口を開いた。

「なにがです？」

　赤迫は、キーボードを打つ手を止めず訊ね返した。

「なにがじゃないわいっ。わしらが輪姦したのは、ヤクザの親分の娘じゃろうが!?　それも、大神会といったら、日本最大の広域組織じゃぞ!?」

　声を荒らげる徳三の骨と皮だけの首には、何本もの太い筋が浮かんでいた。

「徳さん、さっき、聞いてなかったんですか？　僕は彼女に、鷹場英一と名乗ったんですよ？」

　赤迫は、ディスプレイを向いたまま抑揚のない声で言った。

「そんなもん、すぐにバレるに決まっとる！　下手をすれば、一万人からのヤクザに追われるんじゃぞ!?　犯しただけじゃなく、顔もあんなにズタズタにしおって……ああ……考えただけでも恐ろしいわい」

　徳三が、枯れ木のように痩せこけた身体を抱き締め身震いした。

「大丈夫ですよ、徳さん。顔も見られていないし、手がかりも残してはいません。まあ、熊田さんは同伴のときに顔を見られていますが、どこかで偶然に彼女と出くわさないかぎり平気です。それに、蘭華が口にするのは鷹場の名前です。鷹場と言えば、裏社会で知らない者はいない有名人です。女の髪を切り、顔を引き裂き、レイプする。鷹場がやりそうな手口を真似《まね》ました。大神会会長の怒りに燃え盛る頭の中は、鷹場で

占領されることでしょう」

赤迫は、絶品料理を食べたグルメリポーターのように徳三に微笑《ほほえ》んでみせた。

「赤迫さんよ、あんた、なにもわかっとらんな」

深いため息を吐きながら、徳三が小さく首を横に振った。

「なにがです？」

「鷹場の怖さ……」

徳三の声を、ドアの開閉音が遮《さえぎ》った。

「なんで、ヤクザの会長の娘ゆうこと黙っとったんや⁉ どういうことか、説明してくれへんか⁉」

血相を変えて入ってきた熊田が、赤迫のデスクに詰め寄った。

遅れて入ってきた全身汗塗れの中道が、荒い呼吸を吐きつつ熊田の横に立った。

「いま、徳さんからも同じ質問を受けていたところです。きちんとご説明しますので、とりあえず、お座りください」

赤迫は、熊田と中道をソファに促《うなが》し、自《みずか》らもデスクから腰を上げ移動した。

「その前に、彼女をどこに捨ててきました？」

ひとり掛けのソファに座るなり、赤迫は訊ねた。

「ね、練馬の工事現場に置いてきたけどよ……マジに、ヤバいぜ、赤ちゃ……いや、赤迫さんよ」

赤迫の正面のソファに熊田と並んで尻を埋めた中道が、慌《あわ》てて言い直した。

つい数時間前に、赤迫を赤ちゃんと呼び、小指の爪《つめ》を剝《は》がされたことを思い出したのだろう。

「徳さんにも言いましたが……」

赤迫は、徳三にたいしてと同じ説明をふたりにたいして行った。

「あんたの言うこと信用してヤクザは大丈夫だとしてやな、鷹場はどないするねん⁉ 復讐代行屋の『溝鼠』いうたら、伝説の男やで⁉」

熊田が、不安げな顔で捲《まく》し立てた。

「お前らが戻ってくる前に、わしもそれを言おうとしてたんじゃよ」

徳三が、すかさず口を挟んできた。

「なんだよ、その、『溝鼠』っていう奴、そんなに凄《すご》いのか？」

「はぁ？　はぁ⁉　はぁ〜っ⁉　なんや、まさか……お前、あの鷹場英一を知らへんのか⁉」

熊田が、驚愕の表情を中道に向けた。

「な、なんだよ……鷹場なんちゃらを知らないことが、そんなに大変なことかよ!? 別に、猪木や馬場みたいに有名人じゃないだろうよ」

中道が、開き直り気味に言った。

中道はアンダーグラウンドを多少でも齧《かじ》っていた徳三と熊田と違い、「汁倶楽部」に入る前は、個室DVDで働くただのフリーターだったのだ。

「お前さん、なに寝惚《ねぼ》けたこと言っとるんじゃ。『溝鼠』と言えば、裏社会じゃジャイアント馬場やアントニオ猪木に負けないくらいのビッグネームじゃ。変態、変質者、狂人、倒錯者、守銭奴、卑劣漢、下種《げす》、姑息《こそく》、卑怯者《ひきょうもの》、異常者……『広辞苑』にある侮蔑的《ぶべってき》な言葉をどれだけ集めても、鷹場という男を言い表わすことはできん。変態界の三冠王、卑劣界のGIホース……奴に恨みを買ったら、一生、死ぬまでターゲットにされるそうじゃ。風の噂では、朝の満員電車で鞄《かばん》の角を鷹場の脇腹に当てたサラリーマンを、奴は尾行し、会社を突き止め、名前を調べた。サラリーマンも急いでて、謝らずに……というより、カバンの角をぶつけたことに気づいてないので、鷹場のほうを見もせずに電車を降りたらしい。その態度を、鷹場は根に持ったんじゃろうな。連日、会社に、そのサラリーマンの名前を使ってデリヘルを呼び続けたそうな。半月で、サラリーマンはクビになった。じゃが、これで終わらないのが鷹場の恐ろしいと

ころなんじゃよ。サラリーマンが新しい職場を探して面接に行くたびに、その日のうちにデリヘルを送り込んで採用を潰す。そんなことを五社くらい続けたらしい。困り果てたサラリーマンが警察に駆け込んでも、鷹場はトバシの携帯を使ってデリヘルに電話をかけているから、跡を追えんのじゃ」

「そりゃ、ひどいな……」

「まだまだ、こんなのは『溝鼠』にとっては序の口じゃて」

顔をしかめる中道に、徳三が窘《たしな》めるように言った。

「当然、鷹場はサラリーマンの自宅も突き止めている。奴は、サラリーマンの嫁と中学一年の息子を拉致した。息子の前で母親をレイプし、その息子のナニを無理矢理勃《た》たせ、母親のナニに突っ込ませた。偶然、満員電車で鞄の角が当たっただけで、逆恨《さかうら》みし、ここまで鬼畜な行為に及ぶとは、鷹場っていう男はとんでもない男じゃよ。絶対に、敵には回したくはないもんじゃ」

徳三が、しみじみとした呟《つぶや》きで締めた。

赤迫は、徳三が太腿の間に怒張した性器を挟み込んでいるのを見逃さなかった。

鬼畜な行為と言いながら、言葉とは裏腹に徳三は興奮していた。

「そのおかんは、ええ女だったんかいな？　歳《とし》はいくつやろ？　息子にちんぽぶち込

まれて、どない気持ちゃったんやろな?」

食いつく熊田もまた、自慢の三十二センチ砲がズボンの股間を突き破りそうなほど熱《いき》り立っていた。

徳三も熊田も、ヤクザにたいしての恐怖より、屈折した欲望のほうが勝っているようだった。

「ど、どうして、そんな危ねえ野郎を嵌《は》めたりしたんだよ……?」

中道は、すっかり怯《おび》えていた。

彼のリアクションが、最も一般的なものに違いなかった。

しかし、赤迫がこれからやろうとしていることには、「一般常識」は必要ない……というより、邪魔でしかない。

徳三の言うように、鷹場は常軌《じょうき》を逸している。

さすがは、「溝鼠」と忌み嫌われ、畏怖《いふ》されてきただけのことはある。

だが、赤迫に、恐怖はなかった。

尊敬すべき父……源治が、鍛えてくれたおかげだ。

煙草のお使いを頼まれ、銘柄を間違えたときに、肛門にタバスコを塗りつけられた。

二週間、大便をするたびにトイレで悲鳴をあげるほどの激痛に苦しめられた。

風呂掃除を命じられ、浴槽に陰毛が一本残っていたときに、腐った卵を鼻の穴に流し込まれた。

あまりの腐敗臭に胃袋が萎縮《いしゅく》し、洗ったばかりの浴槽に吐瀉物《としゃぶつ》を撒《ま》き散らしてしまった。

あるときは寝相が悪かったという理由で、真冬の朝に水風呂に入れられカキ氷を食べさせられた。

また、あるときは足音がうるさいという理由で、真夏の昼に身体中にカイロを貼り付けられ、ストーブの前に座らせられた。

正直、まだ幼い赤迫にとって、源治の常軌を逸したお仕置きは、肉体的、精神的にかなりの苦痛だった。

だが、そんな過酷な状況に耐えられたのも、すべてが、将来の自分のためを思っての「愛の鞭《むち》」だとわかっていたからだ。

源治は、父であると同時に、赤迫にとっては全知全能の神だった。

その「神」を殺した鷹場は、「悪魔」以外のなにものでもない。

鷹場が鬼畜なら、それ以上の鬼畜にならなければならない。

鷹場が倒錯者なら、それ以上の倒錯者にならなければならない。

鷹場が「悪魔」なら、それ以上の「悪魔」にならなければならない。

中道のような常識的な一般人では、人間が絶滅しても生き残ると言われる逞《たくま》しく浅ましい生命力を持つ「溝鼠」を倒すことなどできはしない。

「どうしてもなにもありません。鷹場英一を潰したいからですよ」

赤迫は、さらりと言った。

三人に、理由を言う気はなかった……言ったとしても、彼らと気持ちを共有できるとは思わないし、共有したいとも思わなかった。

「どうして、鷹場を潰したいんじゃ？」

徳三が、身を乗り出し訊ねてきた。

「気に入らないからです。ほかに、理由はありません」

赤迫は、にべもなく言った。

「気に入らへんて……そんな理由で、俺達をこんな危険な目にあわせるなんて、ひどいやないか！」

血相を変えた熊田が、赤迫に食ってかかってきた。

「大神会が鷹場を仕留《しと》めるのに失敗した場合、手伝う気がある者には、臨時ボーナスを支払います」

赤迫は言い終わらないうちに、スーツの内ポケットに手を入れ、用意していた百万の札束ふた束を取り出しテーブルに放った。

徳三、熊田、中道の視線が百万円の束に吸い寄せられた。

「ひとり、百万の手付け金を払います。『溝鼠抹殺プロジェクト』に参加するなら、成功報酬として四百万ずつ……合計五百万を支払います」

蘭華に鷹場の名前を騙《かた》ったとはいえ、それで、確実に仕留められると考えるほど赤迫は甘くはなかった。

大神会が鷹場の居所を確実に突き止められるという保証はないし、突き止めたとしても、確実に仕留められるという保証もない。

逃げ足が速く、生き延びるためならどんな卑怯な手段も厭《いと》わない男……それが、鷹場英一だ。

加えて、ここ数年の鷹場は、関西の広域組織の組長や大臣経験者の大物政治家の後ろ盾《だて》を得て、「闇世界のフィクサー」的存在になっていた。

関東最大手の大神会の力を以てしても、相当に手強い相手だ。

もちろん、最悪のケースを想定し、「秘密兵器」を用意してあった。

「ひとり百万ずつって……百万、足りないんじゃないのか?」

中道が、怪訝《けげん》そうな表情で訊ねてきた。

「人数ぶん、足りてますよ。君のぶんは、ありませんから」

赤迫は、冷めた眼を中道に向けた。

「な、なんで、俺のぶんはないいんだよ⁉」

「本当に、救いようのない無能な人ですね」

血相を変えて詰め寄ってくる中道にたいし、赤迫はズボンのポケットに手を突っ込みながら席を立ち上がり対峙《たいじ》した。

「なんだと⁉」

「鷹場の名前を聞いて怯《おび》えていたと思えば、金の匂《にお》いを嗅《か》げば欲を出す。小心者のくせに、欲の皮だけは突っ張っている。そんな人間は、足手纏《あしでまと》いになるだけです」

赤迫は、中道の眼を見据えつつ、抑揚のない口調で言った。

「ふざけ……」

中道が胸倉を摑《つか》んできた瞬間、赤迫はポケットから手を抜いた——唐辛子《とうがらし》エキス入りの催涙スプレーを噴霧した。

「あいっ……」

両目を押さえ悶《もだ》え苦しむ中道の股間《こかん》を、赤迫は思い切り蹴《け》り上げた。

前屈《まえかが》みになった中道の後頭部に、頭突きを食らわせた。

赤迫は、唖然とする熊田と徳三の目の前を通り過ぎ、キッチンの収納棚から取り出した工具箱を手に、うつ伏せに倒れた中道のもとに戻った。

工具箱を開けた赤迫は、様々な工具の中から迷わず手に取った金槌を振り上げた──中道の、腎臓目掛けて振り下ろした。

中道が、背筋トレーニングの際にそうするように背中を海老反《えびぞ》らせ悲鳴を上げた。

「な、なにをしとるんじゃ！」

徳三が、しゃがれ声で叫んだ。

赤迫は、構わず、日曜大工に勤《いそ》しむとでもいうように、淡々と金槌を中道の腎臓周辺部に振り下ろし続けた。

海老反りを続ける中道の口から噴き出した大量の鮮血が、床を赤く濡らした。

「なにをしてるんやっ、死んでまうで！」

熊田の叫び声にも、赤迫の手の動きが止まることはなかった。

金槌による殴打が十発を超えたとき、中道の身体が小刻みな痙攣《けいれん》を起こし始めた。

口からは、依然として、夥《おびただ》しい量の血が流れ出していた。

恐らく、腎臓が破裂したに違いない。

「やめんか……お前さん、中道を殺す気か!?」

徳三が、声を嗄《か》らし訴えた。

「はい。殺しますよ」

赤迫は徳三に笑顔を向けながら、ひと際高く腕を振り上げた――渾身《こんしん》の力を込め、中道の背中に金槌を叩きつけた。

それまで痙攣していた中道の足が、ピクリとも動かなくなった。

「お、おい……死んだん……ちゃうか……?」

「ど……どうする……つもり……じゃ……?」

熊田と徳三の茫然自失《ぼうぜんじしつ》のハーモニー。

「そうしようと思えばいくらでもできたのに、止めようとしなかった。あなた達も、立派な共犯ですよ。私が、三人で計画的に中道を殺したと証言すれば、警察も信用するでしょう。私が鷹場を殺すことに協力すれば、ひとりで罪を被《かぶ》りましょう。報酬の五百万を手にするか? 私とともに中道殺しでブタ箱に入るか? お好きなほうを、選んでください」

赤迫は、この世の地獄、とでもいうような蒼白《そうはく》な顔をしているふたりに微笑んでみせた。

熊田も徳三も、わかっていない。

本当の「地獄」の扉は、これから開くのだということを。

5

「お嬢さんの件で、話がある」

ピアス男……ＮＢＡの「悪童」、デニス・ロッドマン似の男が、怒りを押し殺した声で言った。

「ずいぶんと、日本語がうめえじゃねえか」

言いながら、鷹場は思考をフル回転させた。

お嬢さんの件……頭に浮かんだのは、つい数十秒前まで喫茶店で復讐依頼を受けていた中華屋の五木の娘である愛香だった。

愛香は、「汁倶楽部」というアダルトビデオの男優を所属させている事務所の人間達に、さんざん陵辱された現場をビデオカメラで撮られた。

このヤクザが、お嬢さん、と呼んでいることから、それが愛香のことなら、幹部の娘に違いない。

いや、愛香の父親は五木だ。

彼女は、ヤクザの娘ではない。

ならば、お嬢さん、とは誰のことだ?

この一年、若い女性をターゲットにした依頼はなかった。

復讐代行屋という職業柄、過去にヤクザやチンピラが因縁《いんねん》やちょっかいを出してきたことは枚挙にいとまがない。

だが、それも、もう何年も前の話だ。

関西の広域組織の組長や大臣経験者の大物政治家の後ろ盾がついてからの鷹場に興味本位で絡《から》んでくる輩《やから》はいなくなった。

「俺の怒りは爆発寸前だ。こいつらは、もっとヤバい状態だ。言葉には、気をつけたほうがいい」

言葉通り、男のくっきりした二《ふた》重瞼《えまぶた》は吊り上がり、こめかみの血管が浮き出していた。

ピアス男以外の六人は、闘犬場の土佐犬のようにいまにも飛びかからんばかりに殺気立っていた。

二メートル近くありそうなジャイアント馬場タイプ、百五十キロはありそうな朝《あさ》

青龍《しょうりゅう》タイプ、みるからに命知らずで喧嘩っ早そうな「仁義なき戦い」シリーズの名脇役として名を馳《は》せた川谷拓三《かわたにたくぞう》タイプ、いきなり無表情に刺してきそうなVシネマの常連、白竜《はくりゅう》タイプ、岩のような筋骨隆々の身体をしたシルベスター・スタローンタイプ、一メートル以内に近づけば襲われそうな狂気のオーラを発するタイガー・ジェット・シンタイプ――六人が、いわゆる選《え》りすぐりの「武闘派」だということはひと目でわかる。

「あんたら、堅気じゃねえよな？　どこの組のもんだ？」

法改正が行われ、ヤクザが肩身の狭い思いをする世の中になったとはいえ、それは堅気相手の話であり、アンダーグラウンドの世界の住人には関係ない。

新法を盾に強気になれるのは、警察に駆け込める堅気だけだ。

「大神会だ。お前も裏稼業やってんなら、ウチがどういう組織かわかってるよな？」

ジャイアント馬場似が、籠《こ》もった声で話に割って入ってきた。

「もちろん、知ってるぜ」

鷹場は、平静を装い言ったものの、内心、驚いていた。

鷹場の後ろ盾の組長の組織……仁龍会《じんりゅうかい》が関西の横綱ならば、大神会は関東の横綱だ。

構成員数こそ、一万八千人の仁龍会が一万二千人の大神会を上回っている。

しかし、武闘派集団としてならす大神会の血塗られた抗争史には仁龍会も一目置いていた。

過去に何度か関東制覇を目論《もくろ》んだ仁龍会が、現在に至るまでその野望を果たせていないのは、大神会が睨《にら》みを利かせているからにほかならない。

だが、それは大神会にしても同じだ。

彼らが全国制覇できないのも、逆に仁龍会が西の雄として睨みを利かせているからだ。

「おめえらも、俺の背後に仁龍会がついていることを知ってるだろうよ」

鷹場は、ロッドマン似の三白眼《さんぱくがん》気味の瞳を見据えた。

自分より少しでも強い相手、または互角の相手と対峙《たいじ》した場合、これまでの鷹場なら一秒も迷わず逃げ出すか、土下座してでも許しを乞《こ》う。

たとえ自分より弱い相手でも、圧倒的な実力差——たとえるなら、シェパードとチワワくらいの開きがないかぎり戦いを挑まない。

しかし、シェパードの相手が柴犬なら、万が一、という番狂わせがないとも言えないので、逃げるか謝るかのどちらかを選択する。

日を改め、武器と人数を揃え、相手がひとりで油断しているところを急襲し、受けた屈辱を何倍にもして返す。

卑怯だろうが無様《ぶざま》だろうが、最後に勝てばいい。

男らしく正々堂々と戦いを挑み玉砕《ぎょくさい》する大和魂よりも鷹場は、女々しく背後から闇討ちし勝利する卑怯者を迷いなく選ぶ。

だが、それは源治を超えられなかった時代の話だ。

源治超えを果たしたいまの鷹場は、向き合う相手が土佐犬だろうが狼だろうが、背をみせることも地べたを這《は》いずることもない。

「それがどうした？　あ？」

朝青龍似が、時間制限一杯のときのように顔を紅潮《こうちょう》させメンチを切ってきた。

「それがどうしただ？　おめえ、リーダーなんだろう？　仁龍会に喧嘩《けんか》売るようなことほざいてるこのデブをよ、放っておいていいのか？　お？」

鷹場は、朝青龍似からロッドマン似に視線を移した。

「仁龍会に喧嘩を売るつもりはねえ。俺らは、おめえに用があんだよ」

ロッドマン似の眼には、いや、ほかの六人の眼も、尋常ではないほどの怒りのいろが宿っていた。

なにがあったか知らないが、どうやら自分は相当なトラブルに巻き込まれたらしい。

喫茶店前の路上での風体の悪い男達の剣呑《けんのん》な立ち話に、通行人は野次馬になるどころか眼を合わすこともせずに逃げるように通り過ぎた。

「だから、いったい、俺になんの用だってんだよ？」

「うらっ、てめえ！　蘭華って名前に、聞き覚えがあるだろうがよ！」

ジェット・シン似が、狂ったように白眼を剝《む》いて怒鳴りつけてきた。

「蘭華？　知らねえな」

鷹場は、惚《とぼ》けたわけでなく本当に蘭華という名前に聞き覚えがなかった。

「蘭華さんは、ウチのオヤジの娘だ。お前は、オヤジの娘をレイプし、顔を切り刻んだ。こんなことした相手が、たとえ仁龍会の息がかかった奴であっても、引けるわけないだろうが」

白竜似が、物静かながらドスの利いた声で言うと、鷹場をナイフのような鋭い視線で睨《ね》めつけてきた。

「おめえ、なに言ってんだ？　大神会の組長の娘なんて知らねえし、そんなことしてねえよ。いったい、誰がそんなでたらめを言い触らしてんだ？」

口調は冷静さを装っていたが、鷹場は内心、動揺していた。

白竜似に言ったように、蘭華などという女は知らないし、もちろん、レイプしたり顔を刻んだりはしていない。

だが、組長の娘がそんな目にあわされたとなれば……犯人が自分だと思っているのならば、血相を変えて熱《いき》り立つのも無理はない。

その犯人は、間違いなく殺される。

自分は犯人ではないが、ヤクザ達がそう思い込んでいる以上、犯人であるのと同じだ。

自分が殺されたあとで、真犯人がみつかったところでなんの意味もない。

死んだら、すべてが終わりだ。

「てめえが言ったんだろうがよ！　ボケかましてっと、切り刻むぞ、こら！」

ジェット・シン似が、白泡を吹きながら喚《わめ》き立てた。

白眼は充血し、握り締めた拳《こぶし》は怒りにぶるぶる震えていた。

まさに狂虎《きょうこ》の如き凶暴ぶりだ。

「俺が？　おめえ、からかってんのか？」

ドスを利かせた低音を出してジェット・シン似を睨みつけたものの、鷹場の背筋には焦燥感《しょうそうかん》が這い上がっていた。

なにがどうなっているのかわからないが、ひとつだけわかっているのは、このままだと拉致されて拷問《ごうもん》された上に消される、ということだ。

しかし、ひっきりなしに人が行き来しているというのに、誰ひとりとして足を止めようとする者はいない。

それに、松永はなにをしている？

自分が店を出て、もう十分は経つ。

もしかして、外の異変を察知して出てこないのか？

松永には、仁龍会会長の仁藤《にとう》の携帯番号を教えてある。

出てくるのが怖くても、気を利かして東京に事務所を構える枝の組員達を呼ぶことはできるはずだ。

自分に近いレベルの根深さと変質的素質を持っている松永を後継者候補に、と考えていたのだが、どうやら買い被《かぶ》り過ぎていたようだ。

ボスの危機を目の前にしてなにもできない、いや、しない男になど、「溝鼠」の称号を継がせるわけにはいかない。

誰にも頼らず、自力でなんとかするしかない。

この絶体絶命の窮地《きゅうち》を脱する方法に、鷹場の思考はスロットマシーンさながらに目

まぐるしく回転していた。

「からかってんのは、お前のほうだろうが？　俺らと一緒にきてもらおうか」

ロッドマン似が、殺気を帯びた眼で鷹場を見据えながら、背後のメルセデスを肩越しに親指で差した。

「おいおい、冗談じゃねえぜ。なんで、なんにもやってねえのに、おめえらの車に乗らなきゃなんねえんだ？」

一秒でも、時間を稼ぎたかった。

ダッシュして逃げるにも、この人数を振り切れる自信はない。

かといって、荒事は苦手なので腕力には頼れない。

仁藤に助けを求めるにも、携帯電話をかけることをヤクザ達が許してはくれないだろうし、もしかけることができても、応援部隊が到着する前にさらわれてしまうだろう。

「四の五の言ってねえで、さっさとこいや！」

川谷拓三似が強引に鷹場の腕を掴んだそのとき、鼓膜《こまく》を劈《つんざ》くような派手なクラクションが鳴った。

ヤクザ達が、一斉に背後を振り返り、声を上げると左右に分かれた。

白のカローラが助手席のドアを開けたまま猛スピードで突っ込んでくると、鷹場の前で速度を落とした。

「俺が守ります！」

青褪《あおざ》めた顔の松永が、大声で叫び手招きした。

考えるより先に、鷹場は助手席に飛び乗っていた。

鷹場の足先は外に出たままだったが、構わず松永は車の速度を上げた。

ルームミラーに映る、慌ててメルセデスに駆けるヤクザ達の姿が小さくなった。

「おめえ、どこから出てきたんだ？」

鷹場は、車内に全身を入れてドアを閉めると松永に訊ねた。

この緊急事態だというのに、松永の股間はパンパンに膨らんでいた。

いや、緊急事態だからこそ、究極の変態サディストの松永は興奮しているのだ。

「俺が守ります！」

「この車はどうした？」

「俺が守ります！」

馬鹿のひとつ覚えのように同じセリフを繰り返す松永は、路地裏に車を入れると右折と左折を繰り返した。

「おめえ、さっきからなに言ってんだ？」

「俺が守り……」

「いい加減にしねえか！」

鷹場は、松永の頭を平手で張り飛ばした。

「すみません……『ゴッドファーザー　パートⅢ』で、ボス役のアル・パチーノがヘリコプターからマシンガンで襲撃されたときに、片腕のアンディ・ガルシアが身を挺《てい》して救出する際に叫んでいたセリフを、一度、言ってみたくて……」

松永が、バツが悪そうに照れ笑いを浮かべた。

「くだらねえこと言ってねえで、俺の訊いたことに答えろっ」

「その前に、安全地帯に避難させてください」

松永が急ブレーキをかけ、素早い身のこなしで外に出た。

鷹場もあとに続いた。

「どこに行くんだ？」

車を乗り捨てた松永は、細い路地を直進し、二十メートルほど進むと右折した――

老朽化した雑居ビルのエントランスに駆け込んだ。

「話は、安全地帯についてからでお願いします」

説明よりも、ヤクザ達を振り切り安全な場所に到着することを優先する。

松永の言うことは百パーセント正しかったが、「ヒーロー気取り」が鼻につき、鷹場の腹の底にどす黒い感情が沈殿した。

根に持つことにかけては間違いなく世界ランキングトップ10に入るだろう鷹場には、命の恩人であっても関係ない。

一般の人間なら受け流すような微生物レベルの些細《ささい》な言動も、鷹場はしっかりと根に持ちリストにインプットする。

「着きました、どうぞ」

地下に続く階段を下りた松永は、錆《さび》で赤茶けたスチールドアを開けながら振り返った。

薄暗い室内は剝き出しのコンクリート壁と床に囲まれ、配線が剝き出しになっていた。

二十坪はありそうなスペースは、ところどころ紙屑や煙草の吸殻《すいがら》が落ちている以外、見事なまでになにもなかった。

「ここは？」

鷹場は室内に足を踏み入れながら訊ねた。

「とりあえず、椅子もないですけど、お座りください」

松永が、コンクリート床にハンカチを敷き、鷹場を促した。

「順を追って説明しますね。前々から、仕事依頼の打ち合わせに使っている『ロンシャン』の近くに、万が一のことがあった場合に備えて隠れ家を探していたんです。名前も事務所も伏せていますが、『ロンシャン』を張り込まれたらアウトですからね。まあ、隠れ家として使うことがなければ拷問《ごうもん》部屋にすればいいと考えていたんですが、まさか、こんなに早く役に立つとは思ってませんでしたよ。カフェを出ようとしたら社長がヤクザに囲まれてたんで、俺は裏口から抜け出して後輩に用意させていたカローラに乗り込んだってわけです。最悪の事態を想定して、いつも、『ロンシャン』を使うときはそのカローラを裏口に停めていたんですよ。もともと金融流れの他人名義の車なんで、足がつくことはないのでご安心を」

鷹場と向き合い胡坐《あぐら》をかいた松永が、体毛の薄い男性の陰毛みたいにひょろひょろと伸びた顎鬚《あごひげ》を撫《な》でながら誇らしげに胸を張った。

松永のズボンは、相変わらず布地を突き破りそうな勢いで屹立《きつりつ》していた。

腹の底に沈殿していたどす黒い感情が、詰まって逆流したトイレの汚水のように鷹場の全身に広がった。

「おい、おめえ、それじゃなにか？　俺がよ、『ロンシャン』から足がつくことを考えもしなかったアホでまぬけな男だって言いてえのか？　お？　ほら、言わんこっちゃない、ヤクザに囲まれちゃって、底なしの馬鹿野郎だな、って、心で哂《わら》ってたのか？　お？　しようがねえから助けてやるか、って、優越感に浸《ひた》ってんのか？　お？　松永よ、どうなんだ？　お？　お？　お？」

鷹場は、箸先《はしさき》に絡《から》みつく納豆の糸のように粘《ねば》っこい視線で松永を見据え、指の隙間《すきま》に付着したジャムのようにねちっこい言い回しで訊ねた。

松永を責め始めた鷹場のペニスも硬くなった。

懲《こ》らしめてやろうと、言いがかりをつけているわけではない。

どうです？　俺、できる男でしょう？　とでも言わんばかりの優越感に満ちた顔が許せなかった。

「そ……そんなこと、思ってませんよ。俺は、社長を守るために……」

「俺を守ってあげたことを感謝しろってか？　ありがとうな、松永。おめえが機転を利かしてくれなきゃ、いま頃俺はヤクザ達にさらわれ、糞小便を垂れ流すほど殴られ、廃墟に捨てられた使用済みのコンドームみたいに無様《ぶざま》な姿で野垂《のた》れ死んでたよ、本当に、本当に、感謝してるよ、って、心を込めて言えってか？　お？　そういうこと

か？　お？」

鷹場は、松永の言葉を遮《さえぎ》り、唇を皮肉っぽく歪《ゆが》め、首を傾《かし》げながら顔を近づけた。

「と、とんでもありません……。俺が、尊敬して止《や》まない社長のことを、そんなふうに思うわけないじゃないですか……」

松永の、ショウリョウバッタのような瘦《や》せこけた貧相な顔が、蒼白《そうはく》になり、さらに病的になった。

だが、まだ、わかっていないことは、依然として勃起している松永の股間が証明していた。

「おめえ、俺に匹敵する根深さとかよ、俺と同等の倒錯者だとかよ、そんなふうに言われてよ、なにか勘違いしてねえか？　お？　おめえが、俺と同じリングに立とうなんざ、無垢《むく》な少女が恥知らずのくそ婆あになるまでの時間くらい早いんだよ。わかってんのか？　お？」

言いながら、鷹場は松永の股間に視線をやった。

膨らみが小さくなっているが、まだだ。

「もちろん、わかってますっ。俺にとって、社長はキリストよりもシヴァよりも偉大な神です！　俺の中では、社長がヘラクレスオオカブトなら、キリストもシヴァもカ

ナブンです！　信じてください！」

「信じられねえな。なんならよ、一度、白黒はっきりさせてもいいんだぜ？　俺はよ、残りの人生の一秒まで、おめえを破滅させることに人生かけてもいいんだぜ？　一秒、一秒を、どうやっておめえを滅ぼすかを考えることに費《つい》やしてやろうか？　お？　寝ても覚めても、どうやっておめえを苦しめてやろうって考えることに費やしてやろうか？　お？　お？　お？」

鷹場が問い詰めるたびに、みるみる松永の股間の膨らみが萎《しぼ》んでいった。

たいする自分のペニスは、さらに勢いを増して冷凍バナナ並みにカチカチになっていた。

勝負づけは済んだ。

これで、ようやく、松永の言葉を信じることができる。

「本当に……すみませんでした」

「わかったんなら、それでいい。話は変わるが、例のターゲット……『汁倶楽部』の制裁法なんだけどよ、マルキド兄弟を使おうと思う」

「マルキド兄弟を!?」

松永が、声を裏返して眼を剝《む》いた。

そういうリアクションになるのは、想像がついていた。

マルキド兄弟はもちろん通称であり、本名は梨本《なしもと》兄弟。

あの伝説的サディストであるマルキ・ド・サドの名前で呼ばれるほどに、梨本兄弟の加虐《かぎゃく》ぶりは凄まじく、鷹場でさえ一目置くほどだった。

「ああ。今回は、ターゲットには死んでもらう」

「え!? 社長……ウチの掟《おきて》は、どれだけの地獄をみせても、殺人だけはしないってものじゃ……」

「俺を殺そうとした奴は、生かしちゃおけねえ」

死神のような暗い瞳で宙を見据える鷹場に、松永が表情を凍《い》てつかせ絶句した。

6

「なあ、いったい、どこに行くんや?」

池袋の「汁倶楽部」の事務所を出て約三十分、無言で車を運転してきた熊田が、痺《しび》れを切らしたように助手席の赤迫に訊ねてきた。

車は、すっかり寝静まった練馬区の住宅街に入っていた。

「もう少しで着きますよ。私がいいっていうまで、この道を直進してください」

赤迫は、抑揚《よくよう》のない口調で言った。

「気をつけんと、住宅街のパトロールに職質されたら一巻の終わりじゃぞ」

後部座席から徳三が、不安げに熊田を諭《さと》した。

徳三の不安の種——最後部の荷台スペースには、冷蔵庫用の段ボール箱に中道の死体が入っていた。

「俺がどう気をつけろ言うんや⁉　違反せえへんようにする以外、やりようがないやろうが！」

熊田が、吐き捨てた。

「違反だけじゃないっ。きょろきょろしたり、さっきから、運転しながら挙動不審なんじゃ！　警察はな、運転手の人相や様子をみとるんじゃぞっ」

徳三も、熊田に負けないくらいいらついていた。

赤迫に恫喝《どうかつ》され、鷹場抹殺《まっさつ》に協力することを受け入れたものの、ふたりが嫌々なのは態度をみていればわかる。

それも、無理はない。

裏ＤＶＤの撮影は極上の女を犯した上に小遣いを手にできるが、鷹場抹殺には危険

が伴うだけで愉《たの》しいことはなにひとつない。

赤迫はひとりにつき五百万の報酬を払うことを約束してはいるが、いまや闇世界のフィクサー的な存在になっている鷹場の命を狙うには釣り合う金額とは思えない。

「なんやくそじじい！　ごちゃごちゃ抜かすんやったら、お前が運転せんかいっ、ボケ！」

熊田が、ステアリングを叩きながら徳三に怒声を浴びせた。

「目上のもんにたいして、その口の利きかたはなんじゃ！」

徳三にしては珍しく、荒々しい声で怒鳴り返した。

「おふたりとも、どうしてそんなにいらいらしているんですか？　もし、私に不満があるんなら、『鷹場抹殺計画』から下りてもらっても構わないんですよ？」

赤迫は涼しい顔で、熊田と徳三のどちらにともなく言った。

言外に、その代わり中道殺しの共犯で刑務所行きですけどね、という恫喝を含ませた。

「だ、誰も不満なんて言うてないやんか……」

「そうじゃよ……ちょいと、睡眠不足でカリカリきとるだけじゃて」

熊田と徳三が、慌てて愛想《あいそ》笑いを浮かべて否定した。

「だったらいいんですがね。あ、熊田さん、そこの家の前で止めてください」

赤迫は、コンクリート打ちっ放しの外壁の戸建を指差して言った。

「ここ?」

熊田が車を止め、拍子抜けした顔で戸建をみた。

豪邸ではあるが、死体を積んだ車の目的地が住宅だったということに驚きを隠せないようだ。

「ええ。いろいろと、協力してくれる人がいるんで、おふたりにもご紹介しますよ」

「いろいろと協力って、まさか、この家の人間に中道のこと話したのかい?」

徳三が、恐る恐る訊ねてきた。

「話したもなにも、彼……クリスは遺体処理を引き受けてくれたんです」

「そんなもん、話して大丈夫なんか!? 警察にチクリ入れられたらどないするねん……」

熊田の顔から、みるみる血の気が引いた。

「クリスは大丈夫です。信頼できる人間なので、ご安心を」

「クリスって……外人なんか!?」

「いいえ、日本人です。ただ、彼はゲイなので、タレントの名前に引っ掛けてそう呼

ばれているんです」

クリスは五十歳の飲食店、風俗店経営者で、都内にキャバクラ、ソープ、デリヘルを十軒以上所有している実業家だ。

去年、赤迫が麻布のバーで呑んでいるときにクリスに声をかけられた。

つまり、ナンパだ。

五十とは思えないボクサーさながらの引き締まった身体とハーフに見紛《みまご》う彫りの深い顔立ちが好みということもあり、赤迫は誘いに応じた。

クリスは赤迫の性戯の虜《とりこ》になり、以降、言いなりになった。

資金援助はもちろん、車での送り迎え、ホテルや新幹線のチケットの手配……クリスは、付き人のように甲斐甲斐《かいがい》しく赤迫の世話をするようになった。

赤迫と一夜をともにした男はみな、卓越したセックステクニックに骨抜きにされる。

「あんたを信じるしかないが、もし、そのクリスとかいう男が裏切ったら……」

「百聞は一見にしかず、です。クリスに会いに行きましょう」

赤迫は徳三を遮り、バンを降りた。

「熊田さん、段ボール箱を下ろしてください」

「いきなり、持って行くんかい⁉」

熊田が、頓狂《とんきょう》な声を上げた。

「もちろん。クリスは、そのために待っていてくれるんですから」

赤迫は言い残すと、クリス家の玄関に向かった——鉄扉の脇のインターホンを押した。

『いま開けるから』

下腹に響くバリトンボイス——クリスの低音が、スピーカーから流れてきた。

頭上からは、監視カメラが赤迫を睨《にら》んでいた。

ほどなくすると、モーター音に続いて鉄扉が開いた。

「急いでください」

中道の屍《しかばね》の入った冷蔵庫用の段ボール箱を載せた台車を押す熊田を、赤迫は急《せ》かした。

熊田の背後から続く徳三は、目撃者がいないか気にするように首を巡《めぐ》らせていた。

クリス家の敷地内に足を踏み入れた赤迫達三人は、二十メートルほど続く飛び石を進んだ。

「大変だったね」

突然、玄関のドアが開き、褐色《かっしょく》の肌に蛍光ピンクのタンクトップを身につけたG

Ｉカットのクリスが現われると、赤迫を抱き締め耳もとで囁《ささや》いた。

瞬間、場の空気が凍てつく音が聞こえた気がした。

「人前では、やめてください」

赤迫は、クリスの分厚い胸板をそっと押し返した。

「ああ、そうだったね。ごめん。さあ、とりあえず中に入って」

クリスは体操のお兄さんのようにさわやかに白い歯を覗《のぞ》かせ、建物内に三人を招き入れた。

「うわっ……なんや!?」

ピンクの大理石床の沓《くつ》脱《ぬ》ぎ場に入った瞬間、目の前に躍り出てきた土佐犬に熊田が悲鳴を上げた。

「く、食い殺されるぞ！　逃げろ！」

「大丈夫ですよ。ピーチは、おとなしいコですから」

動転し外に飛び出そうとする徳三の腕を、赤迫は摑《つか》んだ。

「この熊みたいな犬がピーチじゃと!?　ぬぉっ……」

ピーチが後ろ脚で立ち上がり、徳三を押し倒すと顔中をペロペロと舐《な》め回した。

「お、おい……トクさんが殺されてまうで……」

熊田が青褪《あおざ》め、凍てついた。

「ピーチは、男の人が大好きだから……俺と同じでね」

クリスが、呑気《のんき》に笑いながら冗談を飛ばした。

「冗談言うてる場合やないで！　はやく止めんかい！」

口角沫《こうかくあわ》を飛ばし、熊田が叫んだ。

「ピーチ、ハウス！」

クリスが低く短く命じると、ピーチが巨体に似合わぬ俊敏さで徳三から離れ部屋の奥に消えた。

「老い先短い寿命を、縮める気か……」

上半身を起こした徳三が、息も絶え絶えに言った。

「徳さんは、犬がだめなんですか？」

赤迫は、言いながら徳三に手を貸した。

「あんな化け物、犬好きでもだめに決まってるじゃろうが！」

「かわいいピーチに、なんてことを言うんだ！　ピーチに謝れ！」

それまでとは一転した険しい表情で、クリスが徳三に詰め寄った。

「な、なんじゃと!?　わしはあんたの飼い犬に嚙《か》み殺されそうになったんじゃぞ!?

謝るのは、そっちじゃろうが！」

　徳三が、血相を変えて逆に詰め寄った。

「ピーチは、嚙み殺そうとしたんじゃなく、ジャレついただけだ！　じいさんが、勝手にパニックになっただけだろうが！」

「おいおい、ホモ雄、ワレ、調子に乗んなや！」

　それまで無言で事の成り行きを見守っていた熊田が、徳三を押し退《の》けクリスを罵倒《ばとう》した。

「誰がホモ雄だっ。赤リン、こんな無礼な奴らの協力をしろっていうのか!?」

「あ……赤リンやて!?」

　熊田の小鼻がヒクヒクと動き、続いて噴き出した。

　数秒遅れて、徳三も腹を抱《かか》えて笑い始めた。

　ふたりの爆笑は、ゆうに一分は続いた。

　赤迫の頭が、熱中症に冒《おか》されたように激憤で熱くなった。

　赤リンと呼ばれたことを馬鹿にされたからではなく、クリスを馬鹿にしているふうなふたりにたいしての怒りだった。

「君達、ブタ箱に入りたいようですね。お望み通り、いまから三人で自首します

か？」

赤迫は、体温のない瞳で熊田と徳三を交互に見据えた。

「そんなわけ、ないやろうが……」

「そうじゃ。刑務所に入りたくないから、中道の遺体を処理にきたんじゃろうて？」

熊田、徳三が揃って否定した。

「ですよね？　クリスは、私達が殺した中道の遺体を処理してくれるんです。しかも、報酬も貰わずにね。そんなクリスを、感謝するどころか侮辱《ぶじょく》するなんて信じられない人達ですね？　クリスが、気を悪くするのも当然です」

「わかった……悪かったわ。せやから、自首するなんて言わんといてや」

熊田が、顔の前に手刀を作り謝った。

「僕じゃなくて、ふたりともクリスに謝らなければ意味がないでしょう？」

赤迫は、抑揚のない口調で言った。

「しようがあらへんな。さっきは、悪かったな」

「わしも、悪かったな」

熊田と徳三が、クリスに向かって軽く頭を下げた。

「それじゃ、全然、伝わってこないよ。せめて、土下座くらいしてもらわないとな」

憮然《ぶぜん》とした表情のクリスが、自分の足もとを指差した。

「お前、なに調子に……」

「言うとおりにしてください」

反論しかけた熊田を、有無を言わせぬ口調で遮った赤迫が命じた。

「なんやそれ？　本気で言ってんのか!?」

「そうじゃ。わしらより、その男の肩を持つのかい？」

熊田が気色《けしき》ばみ、徳三が怪訝《けげん》な顔になった。

「どっちの肩を持つとか持たないの問題じゃありません。私達に無償の協力をしてくれようとしていたクリスを君達は侮辱した。クリスに機嫌を直してもらわないと、警察に垂《た》れ込まれてみな刑務所行きです。彼の言うとおりにして土下座するか？　拒否して逮捕されるか？　選ぶのは、ふたりの自由ですよ」

渋々ながら、熊田と徳三がクリスの足もとに跪《ひざまず》いた。

「ほんまに、さっきは、悪かった」

「わしも、悪かったのう」

大理石の床に額《ひたい》を擦《こす》りつけ、ふたりがクリスに詫《わ》びた。

クリスを立てる本当の理由は、彼を愛しているからでも、遺体の処理を引き受けて

くれていた。

対鷹場の切り札――クリスは、ある人物を用意してくれていた。

「わかったのなら、もういいよ。そいつを、奥に運んでくれ」

クリスは台車に載った段ボール箱を指差して言うと、踵《きびす》を返した。

赤迫は、タンクトップから覗くクリスの背筋をみて欲情しそうになる自分を抑えた。

三十畳のメインリビング、十五畳のトレーニングルーム、十畳の書斎、十畳のベッドルーム……豪邸の至るところでクリスに抱かれた記憶が赤迫の脳裏に蘇《よみがえ》った。

しかし、いま、クリスがみなを先導している地下室――室内プールだけでは、どんなに求められても赤迫が応じることはなかった。

「ここに、運び込んでくれないか」

クリスが開けた地下室のドアの向こう側に、青白くライトアップされたプールが現われた。

「なんや。こないなとこ連れてきて、いまから泳ごう言うんかい?」

「わしは、年寄りの冷や水になるから遠慮しとくわい」

事情がわかっていない熊田と徳三が、軽口を叩いた。

「よく、みててよ」

　クリスが、ポケットから取り出したビーフジャーキーのような乾物をプールに放ると、そこここで水面が盛り上がり飛沫《しぶき》の合間から黒い影が飛び出してきた。

「うわっ……なんやっ、あれは！」

「なんじゃい！」

　三つの黒い影を眼にした熊田と徳三が、悲鳴とともに表情を凍てつかせた。

　黒い影――体長五メートルはありそうな三匹のワニが、小さな肉片を獰猛《どうもう》に奪い合っていた。

7

　三匹のワニが尻尾で叩くプールの水飛沫で、赤迫の衣服はずぶ濡れになった。

　赤迫だけでなく、熊田、徳三、クリスもスコールにあったようにびしょびしょになっていた。

「プ……プールで、ワニを飼ってるんかい!?」

　熊田が、驚愕の声を張り上げた。

「左のクールなメンズがクルーニー、真ん中の甘い顔をしたメンズがディカプリオ、

右のセクシーなメンズがデップ、みな、俺の自慢のルームメイトさ」

クリスが、まるでボーイフレンドのように三匹のワニを紹介した。

「クールに甘い顔にセクシー……どれも、同じ顔のワニにしかみえんがのう」

徳三が、呆《あき》れた顔で呟《つぶや》いた。

「失礼な！　彼らは全然、違うルックスをしてるよ！」

クリスが、血相を変えて抗議した。

「ワニのルックスなんてどうだってええ。それより、まさか、遺体処理の方法ってのは……」

熊田が、プールで暴れるワニをみながら恐る恐る訊ねた。

「ああ。彼らには、昨日からなにも餌《えさ》を与えていないから、一瞬で処理してくれるよ」

クリスが、微笑ましくワニをみつめながら言った。

「さあ、早くワニに『餌』をあげましょう」

赤迫が命じると、熊田と徳三がプールサイドに段ボール箱を運んだ。

「あまり近づかないほうがいい。彼らはこっちに飛び上がってくるからね」

クリスの言葉に、熊田と徳三が段ボール箱を置き去りにして慌ててプールから離れ

た。

苦笑いを浮かべながら、クリスが段ボール箱の粘着テープを剝がした。

転がり出てきた脂肪塗《まみ》れの中道の屍《しかばね》を、赤迫はプールに蹴落とした。

三匹のワニが物凄い勢いで屍に群がると、あっという間にプールが血の海と化した。

屍に食らいつくワニが激しく頭を左右に振るたびに、赤いプールに内臓や手と足の断片が浮いた。

しかし、それもすぐに気づいたワニによって一瞬で食われてしまった。

「エグ過ぎるやんか……」

「地獄じゃ……」

熊田と徳三が、目の前で繰り広げられる「残虐ショー」に表情を失った。

ひと際大きな水飛沫の合間から、大きな塊《かたまり》が飛んできた――熊田のあしもとに、中道の生首が転がった。

顔の左半分はワニの牙によって抉《えぐ》り取られて骨が露出しており、頭皮は剝がれ、眼球も抜け落ち眼窩《がんか》がぽっかりと開いていた。

「うわうわうわ！　なんやこれ！」

熊田が半泣き顔で叫び、中道の生首をサッカーボールをそうするようにプールに蹴

り戻した。

一匹のワニが、ほかの二匹を出し抜くようにジャンプし、空中で生首をキャッチした。

人間がカシューナッツを食べているとでもいうように、ワニがいとも簡単に生首を嚙み砕いた。

「いつみても、彼らの食欲は凄いですね」

赤迫は、感心したようにクリスに言った。

「前に、子牛を餌にしたときのこと覚えてるよね?」

クリスが、懐《なつ》かしそうに訊ねてきた。

覚えていた。

そのとき、知り合いの牧場主から譲り受けた約二百キロの子牛が、僅《わず》か十分で骨だけの残骸になってしまったのだ。

中道の屍も、僅か五分しか経っていないというのに、もう骨しか残っていなかった。

「ええ、もちろん。あのときも、あっという間だったね」

「彼らにかかったら、人間ひとりを跡形なく消すくらいはわけないね」

クリスが、自慢げに言った。

「ほ、骨はどないするんや?」

「そうくると思った。ついてきてくれ」

ニヤリと笑ったクリスが、プールを迂回《うかい》すると鉄扉を開けた。

鉄扉の向こう側は、六畳ほどのコンクリート床のスペースになっていた。

室内の中央には、高さ一メートルほどの圧力鍋の化け物のようなステンレス製の機械が置かれていた。

壁際に備えつけられた荷棚には、金槌、ペンチ、小型ドリルなどが整然と並べられ、バイク屋のような雰囲気を醸《かも》し出していた。

「ここはもともと、更衣室のつもりで作った部屋なんだが、いまは、目的が変わっちゃってね」

「この機械は、なんじゃね?」

徳三が、ステンレス製の機械に歩み寄りクリスに訊ねた。

「粉砕機だよ」

「粉砕機やて?」

熊田が頓狂な声で繰り返した。

「自動車工場なんかで使われているやつだが、高圧ガスエネルギーの力で鉄屑やアル

ミ屑をナノレベルクラスの超微粒子に分解する最新機だ。平均的成人男性の全身の骨でも、二、三時間あれば大丈夫かな。粉砕したあと、トイレに流せば証拠は一切残らないよ」

得意げに、クリスが胸を張った。

「高そうな機械やな。なんぼくらいするねん?」

関西人らしく、熊田が価格に興味を示した。

「まあ、最新式だし、二千万弱ってところかな」

「に、二千万やて! そないな高い機械、今回のためだけにわざわざ買ったんかい⁉」

熊田が、驚愕《きょうがく》の叫び声を上げた。

「まさか。今回は赤リンの頼みだから無料で受けたけど、通常は一体、五百万を取ってるから、四体こなせば元は取れるし、じっさい、とっくに元はとってるけどね」

さらりと言うクリスに、熊田と徳三が顔を見合わせた。

「あんた……これまでに何人の死体を消してきたんじゃ?」

「さあ、数え切れないな。赤リン、どれくらいだっけ?」

徳三の質問に首を捻《ひね》ったクリスが、赤迫に話を振った。

「私だけでも今日で五人目ですから、トータルで四、五十人はいってるんじゃないですか？」

赤迫の言葉に、熊田と徳三が表情を失った。

「赤迫さんよ、あんた……何者や？」

熊田が、引きつった顔を赤迫に向けた。

無理もない。

熊田と徳三の前では、アダルトビデオの男優事務所の社長の「貌《かお》」しかみせていなかった。

これまで二十四年間の人生で、中道で五人目の殺人だった。

赤迫は幼い頃から、根に持った相手を抹殺したいという衝動に駆られた。

小学生のとき自転車に乗っている赤迫の前を、急に横切った野良猫に腹を立て、三ヵ月間、学校が終わるとすぐにバットを手に探し続けた。

ある日の夕方、近所の家の軒先で「再会」した野良猫を、赤迫は金属バットをフルスイングして殴り殺した。

それが、哺乳類《ほにゅうるい》を初めて殺した瞬間だった。

赤迫が中学生になった頃には、日替わりのように殺したい相手が現われた。

だが、さすがに、人を殺せば警察に捕まることくらいはわかっていたので、衝動は堪《こら》えてきた。

高校生になれば、殺してやりたいと思う相手は日に何人も現われた。

期末考査のときに赤迫の隣りの席で、ひっきりなしに洟《はな》を啜《すす》っていた中越景子に殺意を覚えた。

彼女のせいで赤迫は集中力を欠き、学年順位をひとつ落としてしまった。

文化祭のときに、食べたくもないチョコバナナを無理矢理勧めてきた二年C組の大島伸彦に殺意を覚えた。

大嫌いなチョコバナナを食べたせいで、その日は一日吐き気に襲われた。

英語の教諭だった柿谷真一の無神経な言動に殺意を覚えた。

英文を朗読する赤迫の「アクション」という発音に、人を小馬鹿にしたような態度で肩を竦《すく》めながら首を小さく横に振り、「ノーノーノーノー、『ェアクション』」と嫌味に訂正されたことで、クラスメイトの前で赤恥をかかされ精神的に深い傷を負った。

クラスのアイドル的存在としてチヤホヤされていた小池あゆみに殺意を覚えた。

赤迫が密《ひそ》かに思いを寄せていた永島雄介が、あゆみに告白したと噂で聞いてから一週間、ショックで食事が喉《のど》を通らなかった。

どいつもこいつも、八つ裂きにしてやりたかった。

殺人犯にならないために赤迫は、怒りの衝動を別の形でぶつけた。

中越景子には、一ヵ月間、毎日、十回前後の電話をかけてゲップを聞かせ続けるというお仕置きをしてやった。

大島伸彦には、鞄《かばん》に下痢便を詰めるというお仕置きをしてやった。

柿谷真一には、二ヵ月間尾行してキャバクラ嬢と同伴している写真を盗撮したものを学校中に貼りつけるというお仕置きをしてやった。

小池あゆみには、フルフェイスのヘルメットで顔を隠し、工事現場に引き摺《ず》り込みひたすら顔面を殴り続けるというお仕置きをしてやった。

成人してからも、殺してやりたい人間には事欠かなかった。

満員電車で汗に濡れた身体で密着してきた肥満体のサラリーマン、陸橋の狭い階段をのろのろと上る老婆、コンビニエンスストアで最後の一本のアメリカンドッグを目の前で買った小学生……証拠が残らないのならば、ひとり残らずその場で切り刻んでやりたかった。

日本が世界一優秀な警察を抱える法治国家であるかぎり、赤迫の衝動を実現することは永遠に不可能だと思っていた。

違った。

クリスが、赤迫の長年の「夢」を叶えてくれた。

――赤リン、いきなりだけど、遺体処理で困っている人いたら、紹介してくれよ。

クリスと交際を始めて半年くらい経《た》ったある日、クリスが突然に切り出した。

クリスの話では、二、三ヵ月に一度のペース、多いときは月に一度のペースで殺害された遺体の処理依頼を受けているという。

依頼はほとんどがヤクザであり、五百万さえ払えばどんな遺体でも処理を引き受けていた。

――クルーニー、ディカプリオ、デップの餌にもなるし、小遣い稼ぎにもなるし、まあ、一石二鳥ってやつだよ。

なぜ遺体処理などを始める気になったのかを訊ねる赤迫に、クリスが得意げに言った。

本来なら、「恋人」がヤクザの殺人の片棒を担《かつ》いでいると知ったら、別れるという決断をするのが普通だろう。

しかし、赤迫にとって「恋人」の裏の顔は願ったり叶《かな》ったりだった。

遺体を完全消滅できると知った赤迫は、もう、なにも我慢する必要がなくなった。

この一年間で、中道以外に四人を殺した。

電車で足を踏んできた上に謝らず、睨《にら》みつけたら逆に絡《から》んできた生意気な大学生。

喫茶店で注文を取り間違えたくせに、指摘しても認めずに自分は間違ってないと言い張ったウエイトレス。

渋谷の裏路地で金を巻き上げた、不良グループのリーダー格の少年。

テレビで味噌糞《みそくそ》にゲイ批判を繰り返していた文化人コメンテーター。

その四人は、赤迫にたいし、中道同様に死ぬに値する許し難《がた》き行為をしてしまった。

クリスの携帯電話が鳴った。

「早かったですね。カギは開いてるので、地下室にきてください」

「いらっしゃったんですか？」

電話を切ったクリスに、赤迫は訊ねた。

「ああ」

「きたって、誰がや？」

熊田が、不安げに訊ねた。

「新パートナーです」

「新パートナーじゃと？」

答える赤迫に、徳三が怪訝《けげん》そうに訊ね返した。

「紹介しますよ」

赤迫は、徳三と熊田を伴いプールに戻った。

「新パートナーって、どんな……」

熊田の質問を遮るように、ドアが開いた。

「いつきても、すげえ豪華な家じゃねえか」

鼠色《ねずみいろ》のハンチング帽を被《かぶ》り鼠色のジャンパーを着込んだ初老の男が、周囲に首を

巡らせながら入ってきた。

「どうも、ご苦労様です」

赤迫は、初老の男に深々とお辞儀した。

尊敬するあの方……「源治」を前にすると、全身に緊張感が走った。

クリスも、赤迫の隣りで九十度に身体を曲げていた。

「おい、そこのジイさん、ヤニ、持ってねえのか？」

「源治」はプールサイドのパイプ椅子にどっかりと腰を下ろすと、歯槽膿漏《しそうのうろう》で細くなった歯を剝き出しにして徳三に訊ねた。

「ジイさんって、あんたもジイさんじゃねえか」

徳三が、ムッとした顔で言った。

「徳さんっ、口の利きかたに気をつけてください！」

赤迫は、珍しく声を荒らげた。

誰であろうと、「源治」を馬鹿にするような言動は許されない。

「赤迫さんよ、この横柄《おうへい》な男は誰なんじゃ？」

「ほんまや。いきなり入ってくるなり、感じ悪いおっさんやで」

徳三と熊田が、眉《まゆ》をひそめて嫌悪感を露《あらわ》にした。

「ふたりとも、これ以上、父さんを侮辱すると許しませんよ」

赤迫の顔面神経が、屈辱に強張《こわば》った。

「源治」への侮辱は、自分への侮辱以外のなにものでもなかった。

「父さんじゃと!?」

徳三が、驚愕に眼を見開いた。

「ええ、鷹場源治……鷹場英一の父親でもあります」

「なんやて!? ちゅうことは、鷹場英一と兄弟なんか!?」

熊田の驚きぶりも、徳三に負けていなかった。

「そういうことになりますね。私は、世界中のどんな兄弟よりも、兄を恨んでいる自信があります」

嚙み締めた奥歯から、赤迫は「呪詛《じゅそ》」を絞り出した。

「おいおいおい、違うだろうがよ。俺は鷹場源三《げんぞう》、慎吾の親じゃねえ。こいつの親父……源治は、双子の兄貴だ。つまり、慎吾は俺の甥《おい》っ子ってわけだ。源治とは、二十歳の頃にあることで大喧嘩になって、それから音信不通だった。だがよ、源治が実の息子の英一に殺されてよ、警察から報《しら》せを聞いた俺は、約三十年ぶりの対面になったってわけだ。そんときに、慎吾とも出会ったわけよ。慎吾は、源治のことを神か仏か

ってほど尊敬してて、いまだに死を受け入れられねえんだよ。そんで、兄貴と瓜《うり》ふたつの俺を親父だと思い込んでるのさ」

源三が、鼻を穿《ほじ》り指先に付着した鼻糞を熊田めがけて弾いた。

「うわっち……なにするねん！　あんたの神だか仏だか知らへんけど、俺らには関係あらへん！　こないな感じ悪いおっさんに忠誠を尽くせ言うんなら、あんたとはやってていけんわ！」

「わしも、熊田と同意見じゃっ。赤迫さんにはついて行くがな、この男とはやってゆけん」

熊田と徳三が、口を揃えて源三を拒絶した。

「慎吾、お前はよ、舎弟達にどういう教育してんだ？　お？　息子がこんなザマじゃよ、あの世で源治が泣くぜ？　お？　俺には、兄貴の声が聞こえるぜ。英一なら、舎弟にこれほどナメられやしねえだろうってな」

源三が、失望した顔で首を左右に振った。

あの方に失望されるのは、耐えられなかった。

ましてや、憎き兄のほうが優《すぐ》れてるなどと瞬間でも思われるのは……これ以上の屈辱はない。

「クリス」

赤迫はクリスに目顔で合図し、徳三に近づいた。

クリスは熊田に歩み寄った。

「怒ったのか……」

徳三の言葉を遮るように、枯れ枝のように細い腕を摑《つか》んだ赤迫は腰を落とし、円盤投げの要領で踵《かかと》に重心をかけてクルクルと回った――遠心力を利用し、徳三をプールに放り投げた。

「ちょわっあーっ！」

徳三の断末魔が、激しい水飛沫に搔《か》き消された。

「待てっ、待たんかーい！」

赤迫の隣りでは、クリスが熊田を力任せにお姫様抱っこし、徳三に続けとばかりにプールに投げ捨てた。

三匹のワニが、思わぬ二体の「ご馳走」に狂喜乱舞して襲い掛かった。

中道のときと同じように、すぐにプールが血の海と化した。

「それでこそ、兄貴の自慢の息子ってもんよ。あの世で、源治も喜んでることだろうよ」

肉片になってゆく熊田と徳三を満足げに眺《なが》めながら頷《うなず》く源三に、赤迫はふたたび深々と頭を下げた。

「なによりのお褒《ほ》めの言葉……光栄です」

恍惚《こうこつ》の涙が数滴、赤迫の足もとに落ちて弾けた。

8

松永が用意した隠れ家——雑居ビルの地下室の薄暗くジメジメした空間を、重苦しい沈黙が支配していた。

依頼人と商談していた「ロンシャン」を出た鷹場を、待ち構えていたように大神会のヤクザ七人が取り囲んだ。

——蘭華さんは、ウチのオヤジの娘だ。お前は、オヤジの娘をレイプし、顔を切り刻んだ。

ヤクザ達が言うには、大神会の会長の娘をレイプし顔を切り刻んだ男は、自《みずか》らを鷹

場英一と名乗ったという。

もちろん、鷹場は蘭華という女をレイプしてもいなければ顔を切り刻んでもいない。

万が一、やったとしたら、素性を女にバラすわけがない。

罠《わな》の匂《にお》いが、プンプンしていた。

真犯人は、大神会の会長の娘と知っていながら陵辱し、傷つけたのだ。

そして、鷹場英一の名を騙《かた》った。

自分を嵌《は》めるために、何者かが描いた絵図に違いなかった。

復讐代行屋を始めて七年……恨みを買った相手など星の数ほどいる。

だが、鷹場には自分を嵌めようとしている真犯人の見当がついていた。

真犯人は、「汁倶楽部」のスタッフに間違いない。

「ロンシャン」で会っていた五木は、娘の愛香が「汁倶楽部」のスタッフに輪姦された上にビデオカメラで撮影されたことへの復讐を依頼するために、「鷹場英一事務所」に駆け込んできた。

大神会会長の娘……蘭華も、愛香と似た手口で陵辱されている。

これが、単なる偶然だとは思えない。

アダルトビデオの男優の所属事務所が、自分を嵌める理由はわからない。

「汁倶楽部」のスタッフに、自分に恨みを持っている人間がいるのかもしれない。

真相はわからないが、鷹場には確信があった。

気を抜けば命を落とす危険と隣り合わせの裏社会にいる鷹場には、独特の嗅覚《きゅうかく》があった。

「汁倶楽部」からは、邪悪な空気が漂っていた。

その邪悪の原因がなんなのかはわからないが、ここ数年は感じたことのない強烈な殺気だった。

姿はみえずとも、近くに寄ってきただけで背筋に悪寒《おかん》が走り動悸《どうき》が激しくなる……以前に、鷹場をそういう気分にさせた死神がいる。

死神――鷹場源治。

忘れたくても、忘れられない存在……源治が死んで七年、もうそろそろ、死神の呪《じゅ》縛《ばく》から解放されたかった。

「……奴らは、何時頃到着するんですか？」

鷹場がマルキド兄弟に電話をかけてからおよそ十五分、ずっと無言だった松永が怖々《おずおず》と訊ねてきた。

マルキド兄弟にたいしての恐怖と軽蔑が、松永を無言にさせていた。

鷹場が自分の後継者に……と考えたことがあるほどの変態の松永から恐れられ蔑《さげす》まれるマルキド兄弟を紹介してきたのは、仁龍会の仁藤会長だった。

——わしが、極秘に人を処分したいときに使っている兄弟がおる。通称マルキド兄弟……本名は梨本兄弟や。ふたりには札を入れさせていないから、ウチの組員やない。まあ、警察対策っちゅうやつやな。頭がイカれ過ぎてて、怖くて組員にできないゆうのが本音やけどな。あんたもその業界じゃカリスマかもしれへんけど、奴らも相当なもんやで。とにかく、エグいのなんのって、わしらヤクザからみてもありえへんほどや。

仁藤の声を思い出しながら、鷹場は胸を高鳴らせていた。

三十四年間の人生で、かなりのレベルの倒錯者や偏執狂に出会ってきた。

だが、自分を超える「逸材《いつざい》」をみたことはなかった。

関西最大の暴力団の組長が引くほどのマルキド兄弟が、どれだけの変態なのか、考えただけで興奮した。

「彼らは、あとどれくらいでくるんですか？」

松永が、怖々と訊ねてきた。

「さっき、大久保周辺に着いたと連絡があった。まもなくだろう」

兄の浩一《こういち》から鷹場の携帯に電話が入ったのが十分ほど前だった。

声を聞いたのは初めてだったが、電話の感じは想像と違い明るいもので印象は悪くはなかった。

常識人と言われても、信じてしまうような「普通さ」だった。

「彼らについての噂はいろいろありますけど、あれ、本当ですかね？」

松永が、興味津々の表情で訊ねてきた。

マルキド兄弟についての噂は、鷹場もいくつか耳にしていた。

兄の浩一は高校時代に、風呂に入っていた実の父親にいきなりパイルドライバーを仕掛け、脳天から床に叩きつけて失神したところを、陰茎を根もとから切り落とし、それを肛門に捩《ね》じ込んだという。

父親は頭蓋骨粉砕骨折と出血多量で死んだらしい。

弟の浩二《こうじ》は高校時代に、トイレに入っていた実の母親にいきなりラリアートを食らわせ、失神したところを、口の中に自《みずか》らの大便を流し込み窒息死させたという。

兄の浩一は抗争相手のヤクザの組長を拉致し、山手線の駅名を順番に言わせ、間違

えるたびに手足の指を一本ずつ植木バサミで切り落としてゆき、最後にトイレ洗浄剤を無理矢理呑ませて殺したという。

弟の浩二は抗争相手のヤクザの若頭《わかがしら》を拉致し、国民的アイドルグループの顔写真を一枚ずつみせながら、名前を答えられないたびに熱湯を頭から浴びせ、火傷《やけど》で殺したという。

ふたりに共通しているのは、群を抜く加虐性《かぎゃくせい》だ。

ヤクザに雇われる殺し屋――ターゲットを殺すだけでは飽《あ》き足りず、イタブり、弄《もてあそ》び、苦しむ様《さま》を愉《たの》しみながら任務を遂行する。

それが、マルキド兄弟だ。

「本当かどうか、会えばわかる」

鷹場は、素っ気なく言った。

「マルキド兄弟は、信用できますかね?」

松永は、心配でならないといった感じで落ち着きがなかった。

「そんなもん、どっちでもいいじゃねえか」

「でも、手を組むわけですし……もし裏切られたら……」

「そんときゃよ、てめえらがこれまで味わわせてきた生き地獄が天国に思えるほどの

苦痛を与えてやるまでだ」

　鷹場は、自信たっぷりに言った。

　プライド――マルキド兄弟がどれだけ凄《すご》いサディストだろうと、人をいたぶることだけは負けるわけにはいかない。

「奴らは、仁龍会の会長が使っている殺し屋ですよね？　敵に回すわけにはいかないんじゃないんですか？」

　松永の不安は続いた。

　無理もない。

　関西最大の広域組織のヒットマン……それも、飛び切りの変態を仲間に引き入れようというのだから。

「おめえよ」

　鷹場は言葉を切り、煙草《たばこ》を催促《さいそく》するように作った右手のVサインを松永の顔前に向けた。

　松永が、鷹場の指の合間にマールボロを挟み火をつけた。

「俺らの仕事はよ、復讐代行屋だろうが？　ターゲットが総理大臣だろうが警察庁長官だろうが、地獄をみせてやらなきゃならねえだろうがよ？　お？」

肺奥に吸い込んだ紫煙《しえん》を松永の顔に吹きかけつつ、鷹場は言った。

「そうでしたね。社長に言われて、初心を思い出しました。たしかに、俺は変態です。変態が、常識人みたいに不安を感じてちゃいけませんよね」

「そうだ。おめえなんざ、頭も顔も運動神経も育ちも性格も悪い落伍者だ。学歴もねえ、手に職もねえ、人望もねえ、金もねえ……おめえにあるのは、人から軽蔑、侮蔑、愚弄《ぐろう》、嘲笑《ちょうしょう》、嫌悪される才能だけだ。ようするに、ゴキブリみてえなもんだ。ゴキブリならゴキブリらしくよ、その才能をとことん伸ばすしかねえだろうよ」

鷹場が味噌糞にけなすほどに、松永の瞳が爛々《らんらん》と輝き、血色がよくなってきた。

「ここまでボロカスに言われて、正直、ムカムカきてます。でも、社長に復讐できないんで、代わりに、マルキド兄弟に八つ当たりしますけど、いいですか?」

「ああ、やってみろ。ところで、『汁倶楽部』についての情報を教えろや」

「代表は赤迫慎吾、二十四歳。従業員は石本《いしもと》徳三、七十二歳、中道邦春《くにはる》、二十八歳、熊田明人《あきと》、三十四歳の合計四人です。本社は池袋西口の雑居ビルに入ってます。本業はアダルトビデオの男優の派遣業ですが、不定期に裏ビデオの撮影もやっているようです。今回の依頼人の五木の娘も裏ビデオの撮影の被害にあったようですね」

「社長の赤迫って野郎は、ずいぶん若いじゃねえか。俺を拉致ろうとした大神会の会

長の娘もよ、裏ビデオの撮影の被害にあったってことだな。赤迫ってのは、どんな野郎なんだ?」

鷹場は、会ったことのない赤迫なる男がすべてのカギを握っていると踏んでいた。

「さあ、まだ調査中で詳しくはわかりませんが、『汁倶楽部』と仕事をしたことがあるAVメーカーの関係者の話によれば、礼儀正しい男みたいですね。何社かに聞いたんですけど、赤迫は腰が低くて紳士的で、評判は上々です。かなりの人数に聞いても、赤迫を悪く言う人はひとりもいませんでした」

松永の報告を聞いていた鷹場は鼻じろんだ。

「裏ビデオを撮っているチンカス野郎が、紳士だと?　笑わせてくれるじゃねえか」

鷹場は、赤迫という男から同業の匂いを嗅《か》ぎ取った。

復讐代行屋とビデオ男優事務所——もちろん、同業ではない。

だが、話でしか聞いていない赤迫なる男が、自分と同じフィールドに生息しているような気がしてならなかった。

不意に、室内にノックの音が響き渡った。

「待ち人がきたようだぜ」

鷹場は、ドアをみやりながら言った。

弾《はじ》かれたように松永が立ち上がり、ドアスコープを覗《のぞ》いた。

「三十前の男がふたりいますけど、マルキド兄弟ですかね？」

松永は、マルキド兄弟の顔を知らない……というより、鷹場もみたことはない。

「ちょっと待ってろや」

言いながら、鷹場は携帯電話のリダイヤルボタンを押した。

ドア越しに、携帯電話のベルが聞こえてきた。

鷹場が電話を切ると、聞こえていたベルも途切れた。

「開けていいぞ」

頷《うなず》いた松永がドアを開けた瞬間――ふたつの黒い影が室内に雪崩《なだ》れ込んできた。

左肩にラジカセを担いだ赤い坊主頭の男が、いきなり松永の髪の毛を摑《つか》み引き摺《ず》り回した。

「頬骨飛び出た顎鬚《あごひげ》ちょび髭《ひげ》胸板薄い腹出てる醜《みにく》い不細工ヅラオーイェイ」

ラジカセから流れる曲に合わせて赤坊主がラップのリズムで侮辱しながら松永を引き摺り回した。

「さあさあ、オカメコオロギ顔の中年男は防戦一方です。梨本弟はリズミカルなラップに合わせて罵倒《ばとう》しながらオカメコオロギ顔の薄い髪の毛を摑み引き摺っています。

ほとんどバーコード状態の貴重な髪の毛が抜けてしまわないか心配です。おーっと、梨本弟がオカメコオロギ顔にいきなり頭突きを食らわせたー！」

もうひとりのサラサラのロングヘアの男が、プロレスのアナウンサーふうに赤坊主──松永をいたぶる梨本弟を実況中継した。

このロン毛男が梨本兄に違いない。

梨本兄の実況通り、梨本弟の頭突きを浴びた松永が仰向《あおむ》けに倒れ悶絶《もんぜつ》した。

「赤い坊主のチョーパン食らったおっさん惨《みじ》めに倒れ足をバタバタ鼻血ブーブーブーどっからみても瀕死《ひんし》のゴキブリいい年こいてみっともねー情けねーオーイェイ」

鼻血を撒《ま》き散らし悶え苦しむ松永の周囲をグルグルと回りながら脇腹、腰、後頭部、頰、首、肩、腕、足、尻を、ランダムに蹴りつける梨本弟。

「ギブアップ？　ギブアップ!?」

梨本兄が、今度はレフェリーのつもりなのか、松永に顔を近づけて訊ねた。

松永が、助けを求めるように梨本兄に腕を伸ばした。

「おーっと出たー！　腕ひしぎ逆十字ぃー！」

実況ふうに叫びつつ、梨本兄は松永が伸ばした腕を太腿《ふともも》に挟み、手首を両手でロックすると仰向けになった。

まさに、柔道技の腕ひしぎ十字固めだ。

鷹場は、目の前で繰り広げられる梨本兄弟の蛮行《ばんこう》を止めなかった。

恐怖に身体が動かないわけではなく、予期せぬ展開過ぎて呆気《あっけ》に取られていた。

こんなリンチや拷問をみるのは初めてのことだった。

梨本兄が、勢いよく腰を上に突き出しブリッジの体勢になった——乾いた音が、室内に響き渡った。

「おっとー！ オカメコオロギ顔の腕が折れたぞー！ これは、一九七六年にパキスタンのナショナルスタジアムで行われたアントニオ猪木vsアクラム・ペールワン戦以来の衝撃だー！」

レスラーとアナウンサーのひとりふた役の梨本兄が絶叫した。

「鼻血吹き出し腕折られたおっさん哀《あわ》れ惨め無様の三重苦俺からあんたにプレゼントオーイエイ」

ヒップホップのダウンのリズムで踊りながら、梨本弟がファスナーを下ろし小便を松永にかけた。

この兄弟は、噂に違《たが》わぬ「本物」だ。

彼らは、自分や源治と同レベルの倒錯者なのかもしれない。

鷹場は、マルキド兄弟の「ショー」を観戦しながらそう思った。

9

赤迫は、中道、熊田、徳三の血色に染まったプールサイドで満足そうに煙草の紫煙をくゆらす源三の横顔をうっとりとみつめた。

眼窩《がんか》の落ち窪《くぼ》みかたも、頬骨の飛び出かたも、ほうれい線の深さも、敬《うやま》っても敬いきれない父……源治と瓜ふたつだった。

どんなに似ていても、源三は源治ではない。

わかっていた――それでもよかった。

双子なのでビジュアルはもちろん、源三と源治には普通の兄弟よりも共通点が多かった。

実の息子である鷹場英一に殺された源治――もう二度と、会えないと思っていた。

それだけに、警察の遺体安置所で初めて源三をみたときは、心臓が止まりそうになるほどに驚いた。

自分の中の「神」を失った赤迫は、心の空洞を埋めるとでもいうように源三のもと

に通った。

仕事、プライベート……よき相談者であり、父親代わりの源三は、赤迫にとってはいなければ生きてゆけない存在になっていた。

「こいつらの家族とかよ、そっち方面は大丈夫なのか？　まあ、捜索願い出されたところで、ワニに食われて跡形ねえんじゃ、どうしようもねえけどな」

源三が、フィルターだけになった煙草の吸殻《すいがら》をプールに向かって指で弾き飛ばした。

「三人とも、天涯孤独です。道端《みちばた》に死体が転がっていても、誰も名乗り出てはきません。誰からも必要とされないカスやゴミみたいな奴らを、僕が拾ってあげたんです」

赤迫は、源三の脇に直立不動の姿勢で立っていた。

「見た目や物言いは上品だがよ、てめえのために人をコンドームみてえに使い捨てるとこなんざ、兄貴そっくりだな」

ニヤニヤと笑いつつ、源三は言った。

源治にそっくり……最高の褒《ほ》め言葉だった。

「赤リンの親父さん……源治さんって人は、どんな人だったの？」

「身内」相手にリラックスしたクリスが、本来のオネエ言葉で訊ねた。

初対面の人間の前で、クリスは「ストレート」の喋《しゃべ》りかたをする。

ゲイであることで差別されることを、プライドの高い彼は殊《こと》のほか嫌う。

クリスと交際を始めてから、すぐに源三に紹介した。

――僕のことを真剣に愛しているのなら、僕の最愛の父親代わりの鷹場源三のことも愛してほしい。そうじゃなければ、君とはつき合えない。

赤迫は、クリスに念を押した。

――大丈夫よ。赤リンの大事な人は、僕の大事な人でもあるんだから。

言葉通りに、クリスは源三に敬意を持って接してくれた。

その姿をみて、赤迫は彼となら一生をともにできるという確信を深めた。

「その前によ、大事な客人がきてるってのによ、なんかねえのかよ」

源三が、グラスを空《あ》ける仕草をしてクリスを促《うなが》した。

「あら、ごめんなさい、気づかなくて」

クリスがそそくさと立ち上がり、地下室から出て行った。

「おい、慎吾よ、おめえの『彼氏』、信用できんのか？」

クリスがドアの向こう側に消えるのを見計らってすぐに、赤迫に訊ねてきた。

「いまのところ、大丈夫です。いろいろと、僕のために尽くしてくれてますよ」

「まあ、おめえのことだから大丈夫だとは思うが……鷹場家の『人生五訓』っていうのがあるの、兄貴から聞いたことあるか？」

「いいえ、ありません」

鷹場家の『人生五訓』……赤迫は、愛人との間に生まれた子供なので、源治は教えてくれなかったのだろうか？

あの男は、教えて貰ったのだろうか？　本家の息子、鷹場英一にたいしての嫉妬心《しっとしん》が、赤迫の中で膨張した。

「しようがねえ、特別に教えてやるよ」

黄ばんだ歯を剝《む》き出しにして、源三が掌《てのひら》を差し出してきた。

「なんでしょう？」

「なんでしょうじゃねえだろうが？　お？　おめえ、社長が経営コンサルタントに相談したらコンサルタント料を払うだろうよ？　お？　弁護士に相談したら相談料を払うだろうよ？　精神科医にカウンセリングして貰ったらカウンセリング料を払うだろ

うよ？　お？　教授やタレントに講演依頼をかけたら、講演料を払うだろうよ？　お？　どこの世界にただで人に物頼む奴がいるんだ？　お？」

口調も、たとえも、源治そっくりの源三に叱責《しっせき》され、赤迫は嬉しかった。

そっくりというだけでなく、源三の言うことはなにからなにまで筋が通っていた。

さすがは、源治の双子の弟だけのことはあった。

「すみませんでした」

赤迫は、財布から一万円札を十枚取り出し源三に渡した。

「なんだ、シケてんな。たったのこれっぽっちか？　まあ、いいか。甥《おい》っ子だから特別だ」

源三は唇をへの字に曲げ、十万円を鷲摑《わしづか》みにするとジャンパーのポケットに捩《ね》じ込んだ。

「一、人をみたら金と思え。二、屁とゲップは出しても金は一円も出すな。三、金で買えないものはない。四、金は神を超える。五、金がないのは首がないのと同じ。どうだ？」

「素晴らしいです」

お世辞ではない。

徹底した拝金主義に、赤迫は心から感動した。

金の亡者、守銭奴、銭ゲバ……心ない者達は、源治のことをそう呼ぶ。

だが、わかっていない。

源治が金にこだわるのは、愛する者を守るためだ。

金がなければ、移植手術をする必要のある妻や子供を救うこともできない。

奇麗事《きれいごと》では最愛の人物を守れない。

源治は、誰よりもそれをわかっていたからこそ金《カネ》至上主義の生きかたをしていたのだ。

「おめえは、たしかに兄貴の血を引いているがよ、源治に似てるって点じゃ、もうひとりの息子、英一にはかなわねえ」

「僕のどこが……奴より劣っているんですか？」

赤迫の声は、ショックに震えていた。

敬愛する父の血を色濃く受け継いでいるのは、自分ではなく憎き鷹場英一……これ以上の屈辱はなかった。

「おめえもなかなか疑《うたぐ》り深《ぶけ》えが、英一ほどじゃねえ。英一は、てめえ以外、誰ひとりとして信用しちゃいねえ」

「クリスのことを言ってるんですか？」

「いいや。源治だ」

「お父さん……ですか？」

「ああ、そうだ。おめえは信用どころか、兄貴を崇拝《すうはい》している。英一は逆に兄貴を恨み、最終的には殺しちまった。これだけを比べても、おめえの甘さのほうが眼につくぜ」

源三は言うと、戻ってきたクリスの持つトレイから缶ビールを手に取った。

「僕も相当に人を信用しないほうですが、父だけは別です。僕は父を尊敬している、奴は父を軽蔑している。それは、僕と奴の価値観の違いです。なので、僕が奴より甘いということにはなりませんから、ご安心ください」

赤迫に、動揺はなかった。

鷹場が源治を恨んでいたのは、逆恨み以外のなにものでもない。

源治の海よりも深い愛情を、空よりも広い心を踏み躙《にじ》り、恩を仇《あだ》で返すようなひとでなしを赤迫は決して許しはしない。

「わかっちゃいねえな。兄貴は、なぜ英一を目の仇《かたき》にしていたかわかるか？　恐れてたからだ。自分と同等、いや、自分以上の悪魔なんじゃねえかって。離れていても、

双子だからわかるのさ。昔から兄貴は、臆病で嗅覚の鋭い男だった。てめえを脅《おびや》かす存在を敏感に察知し、いち早く潰していた。小学校の頃も、敵対しそうな生徒のマイナスになる言動を逐一《ちくいち》教師に告げ口し、弱い立場になるような環境を作るような子供だった。他人はもちろん、親兄弟のことも信用しない疑り深い性格をしていた。

俺らの親父……鷹場源一は、娼婦相手に高利貸しを営んでいた。返済日になると、ラブホテルにまで付いて行き、客と出てきたところを待ち構え手にしたばかりの金を回収する……そんな感じで結構な利益をあげていたそうだ。商売柄、親父は疑り深く、非情で、執念深い性格をしていた。借金を踏み倒し夜逃げした娼婦を五年がかりで探し出し、監禁同然にタコ部屋に放り込み一ヵ月間、連日連夜に亘《わた》って肉体労働者の性欲処理の相手をさせた。親父の執念深いところは、ここからだ。貸し金を回収したあと、娼婦の陰部に雌豚《めすぶた》の血を塗りつけ、発情期の雄豚《おすぶた》が蠢《うごめ》く豚小屋に放り込んだ。娼婦は、複数の雄豚に犯され続けた。そのときの恐怖で発狂した娼婦は、余生を病院で過ごしたらしい。

このエピソードは、鷹場源一という男を表わす氷山の一角に過ぎねえ。親父は、息子達にも容赦なかった。俺も兄貴も、ご飯をひと粒こぼしただけで、食べ物を粗末にしたという理由で、ひどい体罰を受けた。あるときは身体中に砂糖水を塗られ、蟻《あり》の

大群が蠢《うごめ》く浴槽に押し込まれ、あるときは、刻んだ赤唐辛子を尻の穴に捩《ね》じ込まれ、あるときは、湯呑みの熱い茶を一気飲みさせられた。

死んでくれ……俺ら兄弟は、くる日もくる日もそう願ってきた。願いは天に通じた。俺らが中学生の頃、酒に酔っ払った親父はバランスを崩して近所の川に転落して溺死した。親父の死後一ヵ月が経ったあたりで、兄貴が衝撃の告白をしてきた。親父が屋台で酒を呑んでいるときから尾行し、川沿いをふらふら歩いているところを後ろから忍び寄り突き飛ばした……と。つまり、親父が死んだのは事故ではなく、兄貴が殺したってことだ。そんな源治だから、英一をみていると、まるで自分の生き写しのように思ったんだろうよ。そのうち、かならず親を殺そうとするってな」

鷹場が、源治と同等か、それ以上の悪魔……。

源治が鷹場を目の仇にしていたのは、自分より手強《てごわ》いから……。

赤迫には、源三の話はどれもこれもが受け入れ難《がた》いものばかりだった。

「たしかに、奴の執念深さは群を抜いてるという噂は聞きます。鷹場英一は、変態界のゴッドファーザーだと。ですが、僕には奴より勝っている点がいくつもあります」

「たとえば？」

「頭脳です。僕と奴の学力の差は、父もよく知っていました。自慢ではありませんが、

ＩＱは百九十あります」

「ＩＱ百九十……そいつはすげえな。だがよ、英一の知能もすげえぞ。悪知恵ってやつだがな。まあ、なんにしろ、いまや闇社会の伝説となった『溝鼠』を甘くみてるととんでもねえ目にあうぜ」

「心配には及び……」

「大神会の連中、英一を取り逃がしたそうだ」

赤迫の言葉を遮《さえぎ》り、源三が言った。

源三には、鷹場のことを嵌めるための絵図をすべて話していた。

「え……」

赤迫は、絶句した。

鷹場捕獲に大神会が失敗することもある――想定内だった。

だが、じっさいに失敗したと聞くと、驚きが胸に広がった。

構成員一万二千人の関東最大の広域組織――大神会のトップの娘をレイプした上に顔をズタズタに切り刻んだ者を、武闘派の精鋭達が取り逃がすとは……。

鷹場英一は、どこまで悪運の強い男なのだ。

「だから、言ってるだろうが。英一が、なぜ『溝鼠』と言われているか知ってるか？

ライオンやトラに追い回されても、薄汚え鼠《うすぎたね》はよ、どんな姑息《こそく》で卑怯《ひきょう》な手段を使ってでも生き延びる。人間が滅びても地球上に生き延びるのはよ、ゴキブリと鼠くれぇなもんだ。昔もよ、宝田組ってヤクザから兄貴が盗み出した一億を、姉貴の澪《みお》も含めて鷹場家全員で争い、最終的には英一が兄貴と宝田組長を殺し金を持って海外に高飛びした。なあ？　どうだ？　英一ってのは、とんでもねえ野郎だろうが？」

鷹場が源治を殺したという件で、改めて赤迫の胃がチリチリと焼けた。

「源三さん、お願いがあります」

赤迫は跪《ひざまず》きながら言った。

「なんだ？　改まってよ」

「鷹場について、知っている情報があったら、どんな些細《ささい》なことでも構いませんから、教えてください。お願いします！」

赤迫は、タイル床に額《ひたい》を押しつけ懇願《こんがん》した。

いつも冷静でクールな赤迫が、こんなになりふり構わない行動をするのは初めてのことだった。

どんな手を使ってでも、鷹場を潰したかった。

そのためには、鷹場の情報に詳しい源三の協力が必要不可欠だった。

源三はいま、新宿三丁目で探偵事務所を構えている。

源三が事務所を始めたのは、源治の死後だった。

それまでは、大阪で不動産屋を営んでいたらしい。


――どっちかって言うとよ、仲の悪い兄弟だったけどよ、やっぱり、たったひとりの兄貴だしな。金絡《がら》みで息子に殺されたってなりゃ、浮かばれないだろうよ。生涯に一度くらいはよ、兄弟らしいことをやろうと思ってな……それでよ、探偵事務所を始めたってわけだ。鷹場英一の居所を突き止め、兄貴の仇討ちをしてやろうってわけよ。


父の仇、兄の仇――鷹場英一という共通のターゲットを仕留《しと》めるという最大目標で、赤迫と源三の結束は固かった。

「実はよ、英一について凄い情報が入ってきたんだがよ、俺も探偵って仕事柄、ただで教えるわけにはいかねえんだよな。最低、片手は貰わねえとな。因《ちな》みに、五万じゃないぜ」

源三が、遠回しに言いながら左手を広げてみせた。

「あの……源三さん、お言葉だけど、鷹場英一を抹殺するっていうのは赤リンだけの

目的じゃないはずでしょう？　赤リンが鷹場を殺せば、源三さんの目的も果たせることになるわけで……」

「やめないかっ」

赤迫は、話に割って入ってきたクリスを厳しい口調で窘《たしな》めた。

「でも、さっきも十万払ったのに、その上五十万を払えだなんて……」

「おいおいおい、ゲイマッチョよ、誰が五十万だなんて言ったよ。俺の言う片手っていうのはよ、五百万のことだぜ」

「五百万!?」

クリスが眼を剝《む》き、裏返った声を上げた。

「聞いて驚くんじゃねえぞ。俺のもとに入ってきた情報っていうのはよ、大神会から逃れた英一の隠れ家だ」

「鷹場の隠れ家を、知ってるんですか!?」

赤迫は、弾かれたように立ち上がった。

「ああ。情報源は、英一を裏切った配下からのチクリだ。『溝鼠』の潜《ひそ》んでいる場所を教えて貰えるんだから、五百万なんて安いもんだろうが？」

源三が、得意げな表情で言った。

力強く、赤迫は頷《うなず》いていた。

『溝鼠』を巣ごと焼き払えるのであれば、五百万が五千万でも安いものだった。

10

「腕を折った男が、そっちにひとり向かってる。松永って奴だ。治療してやってくれ。金はあとから振り込む。いつもみてえに、なに言ってたか訊くからよ、耳をそばだてててくれ」

鷹場は、一方的に言うと電話を切った。

湿度の高い、暗い地下室。

剝き出しのコンクリートに胡坐《あぐら》をかいて座るマルキド兄弟は退屈そうに、鷹場が電話をしている間、梨本兄は鼻毛を抜き、梨本弟は鼻糞をほじっていた。

電話の相手は、闇医師の沖山《おきやま》だった。

沖山は五年前まで新宿で開業医をしていたが、患者の女性に麻酔を射ち性的暴行をくわえた罪が発覚し、医師免許を剝奪《はくだつ》された。

二年の懲役を終えて出所した沖山は、「訳あり」で正規の医師にかかれない者達を

闇診療するようになった。

利用者のほとんどが犯罪にかかわっているアンダーグラウンドの住人ばかりで、鷹場もこれまでに何度か利用している。

今回は、マルキド兄弟にいたぶられ腕を骨折した松永を向かわせたのだった。

――赤い坊主のチョーパン食らったおっさん惨《みじ》めに倒れ足をバタバタ鼻血ブーブーどっからみても瀕死《ひんし》のゴキブリいい年こいてみっともねー情けねーオーイェイ。

――おっとー！　オカメコオロギ顔の腕が折れたぞー！　これは、一九七六年にパキスタンのナショナルスタジアムで行われたアントニオ猪木vsアクラム・ペールワン戦以来の衝撃だー！

鼻血の海にのたうち回る松永の周囲をグルグルと回りながら、全身を蹴りつける梨本弟と、興奮気味に実況する梨本兄の姿が、鷹場の脳裏に不意に蘇《よみがえ》った。

初対面で地下室に入ってくるなり繰り広げられた公開リンチショーは、数々の修羅《しゅら》場《ば》を潜ってきた鷹場にとっても衝撃的だった。

過激な暴力や精神的拷問は腐るほどみてきたし、鷹場自身も、実践してきた。

だが、マルキド兄弟の松永のいたぶりかたは、鷹場の知っているどんなリンチとも拷問とも違う、まったく新しいタイプのものだった。

「鷹場ちゃんよほぉ、俺よほぉ、ちょいとよほぉ、やり過ぎたかなぁ～と思ってよほぉ」

赤坊主——梨本弟が、唇を歪《ゆが》め、田中邦衛《たなかくにえ》の真似《まね》をしながら言った。

「気にすることはねえ。おもしれえ見世物だったぜ」

「おめえ、太っ腹じゃねえか？　たいしたもんだぜ」

サラサラロン毛——梨本兄が、鷹場の口調を真似ながら言った。

まったく、ふざけた男達だった。

いままで、いろんな狂人や変態に会ってきた鷹場だが、マルキド兄弟は初めてのタイプだった。

梨本弟が松永をリンチしているときも、その様子を梨本兄がラップ調に馬鹿にしながら、プロレスの実況風に伝えていた。

まだ、ふたりの素の声を聞いていない。

それとも、これが素なのか？

だとしたら、正真正銘の狂人ということになる。

「ふたりのイカれっぷりがわかって、参考になったぜ」

マルキド兄弟が素なのか演技なのか、探る目的で鷹場は言った。

「俺あよほぉ、イカれっぷりじゃよほぉ、鷹場ちゃんには敵《かな》わねえよほぉ」

「まったくだ。おめえにイカれてるなんて言われた日にゃよ、痴漢に痴漢って言われるような、ロリコンにロリコンって言われるようなもんだぜ」

相変わらず、梨本弟は田中邦衛を、梨本兄は鷹場の真似を続けていた。

このリアクションからは、素なのか演技なのかの判別がつかなかった。

「これから、作戦会議しなきゃなんねえんだけどよ、そんな感じじゃ無理だからよ、まともに喋《しゃべ》れるか？」

鷹場は、やんわりとした口調で言った。

怒りを押し殺しているわけではない。

マルキド兄弟にたいして感情のスイッチを切っているだけの話だ。

感情のスイッチを入れてしまえば、彼らの言動は十年は根に持つに値する。

スイッチをオフにしているのは、マルキド兄弟が「汁倶楽部」を潰すために必要な駒《こま》だからだ。

受けた恩は三分で忘れ、受けた屈辱は三十年経っても忘れないほど根深い自分だが、目的を達成するまでは平常心でいられる。

復讐は、目的を達成してからゆっくりと時間をかけて実行してゆけばいい。

「まともにってよほぉ、俺はよほぉ、まともに喋ってるつもりだけどよほぉ」

「俺がふざけてるっていうのか？　お？　お？　お？」

マルキド兄弟は、田中邦衛と鷹場英一の物真似をやめる気はさらさらないようだ。

「もう、そのままでいいから話を進めるぜ」

「わかってくれたらよほぉ、俺もよほぉ、文句なんてねえんだよほぉ」

「最初からよ、そんなふうに素直にしてりゃ話はええんだよ」

マルキド兄弟の徹底ぶりは、怒りや呆れを通り越して感心するほどだった。

「池袋西口にある『汁倶楽部』っていうアダルトビデオ男優の派遣会社があるんだが、そこのスタッフを壊滅させる。これがおめえらの任務だ」

「エロビデオの男優やて!?　ヒィーッ」

梨本弟が、恐らく明石家さんまの真似だろう関西弁で引き笑いをした。

「そーですねーまーいわゆるーアダルトビデオの男優というのはー、バッティングと同じ腰使いが大事ですねー。ところで、鷹場さんはどーして、『汁倶楽部』のスタッ

フを壊滅させたいんですかー？」

梨本兄がやっているのは、長嶋茂雄に違いない。

それにしても、彼らはどこまで本気でどこまで冗談でやってるのか？

自分を挑発する目的なのか？

単に悪ふざけしているだけか？

それとも、頭がおかしいのか？

「大神会の会長の娘が、『汁倶楽部』の奴らにレイプされ、顔を切り刻まれた。まあ、それはどうだっていいことだがよ、問題なのは、レイプ犯が俺の名前を騙《かた》ったってことだ。理由はわからねえ。恨みを買ってんのかもしれねえが、『汁倶楽部』なんて初めて聞く名前だしよ、昔、ひでえ目にあわせた奴本人か知り合いが働いてんのかもしんねえし。どっちにしてもよ、『汁倶楽部』が俺を嵌《は》めてヤクザに潰させようとしたのは間違いねえ。だから、おめえらにはよ、まずは黒幕を炙《あぶ》り出してほしい」

「ヤクザの会長の娘をレイプして顔切り刻むやて!?　ほんまでっか!?　えげつなぁ〜」

「それはひどいですねー。濡れ衣《ぎぬ》ってやつですねー。悪質ですねー。いわゆる〜黒幕を探せばいいんですねー」

前歯まで出して明石家さんまになりきる梨本弟。

甲高《かんだか》い声で長嶋茂雄になりきる梨本兄。

演技であろうがなかろうが、イカれていようがいまいが、とにかくマルキド兄弟は徹底している。

ターゲットをいたぶり、弄び、苦しむ様《さま》を愉《たの》しみながら任務を遂行する……さすがに、関西最大手の武闘派、仁龍会のヒットマンだけはある。

「おめえらに、できんのか？」

鷹場は、敢えて挑発的に訊ねた。

「できるか？　やて⁉　あたりまえやないか！　たかがザーメン男優やで？　ほかの殺し屋とは、ここが違いまんがな、ここが！　ヒィーッ！」

梨本弟が自慢げな顔で右腕を叩き引き笑いをした。

「鷹場さーん、我々を甘くみてもらったら困りますねー。いろんなタイプのターゲット……そーですねー、いわゆるヤクザの組長、いわゆるチャイニーズマフィアのボス、いわゆる香港窃盗団のボス、これまで仕留めてきたターゲット達に比べれば、アダルティービデオの男優ですか？　赤ん坊のようなものです、ええ」

頷《うなず》きながら、頬まで紅潮させ、梨本兄は長嶋茂雄になりきって自信を口にした。

「わかった。おめえらを信じるぜ。任務内容は、まずは『汁倶楽部』のスタッフ全員の生け捕りだ。ここに連れてくるまで、誰ひとりとして絶対に殺すんじゃねえぞ」

「生け捕りにすればええんやな？　わかったわかった。ほんで、ギャラはいくらや？」

梨本弟が、人差し指と親指で円マークを作った。

「報酬の話は、仁龍会の会長に訊けや」

鷹場は、素っ気なく言った。

会長の仁藤とは、前金五百万、成功報酬五百万の計一千万で話がついていた。

その中から、マルキド兄弟にいくら渡るかは知らないし、また、知る必要もない。

「報酬の話は仁龍会の会長に訊けだと……この、馬鹿ちんが！」

梨本兄が、耳の上の髪の毛を掻《か》きあげながら叱責《しっせき》してきた。

今度のキャラは、恐らく金八先生に違いない。

「俺が取り引きしてんのはおめえらじゃなくて会長だ。おめえらは会長に雇われてるわけだからよ、俺に訊くのは筋違いだろうがよ。お？」

「たしかにギャラ貰うのは会長だけど俺らが知りたいのは金額だオーイェイ！」

梨本弟が、上半身を上下に揺すりながらラップのリズムで言った。

「会長がギャラごまかしてもわからないから、英一、お前に確認しておきたいんじゃないか、この馬鹿ちんが！」

梨本兄の言葉で、ようするにふたりが仁藤を信用していないだろうことを悟った。

「おめえらがギャラごまかされようがごまかされまいが、俺にゃ関係ねぇ。俺は、会長に報酬を払えばおめえらがいくらギャラを貰おうが知ったこっちゃねえ」

「あんたはクールに吐き捨てる知ったこっちゃねえ俺の心はショックでボロボロブロークンハート！　オーイェ……」

「どうしても教えろっつうんなら、まずは会長に確認の電話を入れることになる。いいのか？　お？」

鷹場は、携帯電話を翳し、マルキド兄弟の顔を交互に見渡した。

締めるところは、きっちり締めておかなければならない。

あくまでもリーダーは自分であり、彼らには指示に従わなければならないということを思い知らせる必要があった。

「わかった。いまのは忘れてくれ」

誰の物真似でもなく、梨本兄がノーマルな口調で言った。

だが、その代わりに、ファスナーを下ろしペニスを引っ張り出すと右手で上下に扱《しご》

き始めた。

「あ、ずるいな。僕も！」

梨本弟はデニムとトランクスを足首まで下ろし、自慰を始めた。

「おめえら、なにやってんだ？」

さすがの鷹場も、呆れ口調で訊ねた。

「なにをって、みてわかんないのか？　せんずりだよ」

梨本兄が、当然、といった顔で言った。

「そんなこたぁみりゃわかる。なんでいま、せんずりを始めたのかって訊いてんだよ」

「なんでって、せんずりしたくなったからだよ」

梨本兄は、相変わらず涼しげな表情だった。

「そう。せんずりするのに理由はいらない！　ひたすら、かく！　かく！　かく！」

梨本弟が、上下運動させる右手のピッチをあげた。

「勝手にやってろ。話を続けるが、『汁倶楽部』は池袋西口に事務所を構えている。おめえらの任務は、一週間以内にスタッフ全員を捕らえてここに連れてくることだ。もう一度言うが、殺すんじゃねえ、生け捕りだからな」

鷹場が指示を出してる間中も、マルキド兄弟は競うように右手を動かし続けていた。

「生け捕りするのは……わかったが……そのあと……むふぅん……どう……するんだ……」

梨本兄が、込み上げる快感に喘《あえ》ぎながら訊ねてきた。

「俺を嵌めた理由を訊き出し、その後、殺してほしいと渇望《かつぼう》するほどの苦痛を伴う拷問を与えたのちに殺す。スリッパで叩き潰されたゴキブリよりも惨《みじ》めにな」

鷹場の股間は、自分の話の内容に膨《ふく》らんできた。

「おおぅふ……ゴキブリよりも……惨めに……うむふぅん……殺す……た、たまんないな……」

鷹場の話に興奮した梨本弟の手の動きが激しくなった。

梨本兄の右手も、肉眼で捉《とら》えきれないほどのスピードになっていた。

「変態どもが……」

吐き捨てるように呟《つぶや》く鷹場だったが、自身のペニスも彼らに負けないほどに硬く勃起していた。

携帯電話のベルが鳴った。

液晶ディスプレイに浮くのは松永の名前だった。

「どうした？」

鷹場は電話に出るなり訊ねた。

『治療が終わってもうすぐそっちに到着しますけど、あいつら、大丈夫ですよね？』

松永が、怖々と訊ねてきた。

恐れるのも、無理もない。

さっきは、初対面のマルキド兄弟にいきなり暴行され、腕を折られてしまったのだから。

「ああ、心配するな。さっきは、自分達の力を誇示するためのアピールタイムだ」

『アピールタイムって……社長は、平気なんですか？』

松永が、陰気な声で訊ねてきた。

「なにが？」

わかっていながら、鷹場は惚《とぼ》けてみせた。

『なにがって……舎弟が、あんな目にあったんですよ!?　なんにも、思わないんですか!?』

声を上ずらせ、松永が訴えてきた。

松永が不満になる気持ちは、よくわかる。

暴行されているのをボスが止めてもくれず、マルキド兄弟を咎《とが》めることもせず、それどころか「汁倶楽部」壊滅のパートナーとして受け入れている。

もともと根深い松永が、自分を恨んだとしても仕方がない。

が、それでよかった。


これまでの人生で、誰かから好かれようと思ったことなど一度もない。

これまでの人生で、誰かをかわいそうと思ったことなど一度もない。

これまでの人生で、誰かのためになにかをやろうと思ったことなど一度もない。

これまでの人生で、誰かを助けようと思ったことなど一度もない。


自分以外の人間など、どれだけ不幸でも構わない。

自分以外の人間など、隣りで死にそうになっていても助けない。

自分以外の人間など、虫けらにたいするのと変わらない思い入れしかない。

自分が一番金を持ち、自分が一番幸せで、自分が一番心地よく……自分、自分、自分、究極の自己中心的な人生だ。

「ああ、なんとも思わねえな。俺がどんだけおめえのこと心配したところで、折れた腕が繋《つな》がるわけじゃねえだろうがよ」

　鷹場は、興味なさげに素っ気なく言った。

『社長に人情とかを求めるほど、俺も勘違い男じゃありません。ただ、いままで尽くしてきた舎弟がわけのわからない奴らに理由もなくいたぶられているのに、なんの言葉もかけてもらえないんですか？』

　松永の声は、口惜しさに震えているようだった。

「闇医師を紹介してやったじゃねえか。あ、治療費はおめえの給料から引いとくからよ」

『え……そんな……』

　松永が絶句した。

「なにが不満なんだ？　お？　おめえの腕が折れたのを診《み》てもらった治療費をおめえの給料で払うのはあたりまえのことじゃねえか？　お？　ならよ、俺が風俗嬢とヤッた料金、おめえが払うのか？　お？　俺がぶつけた車の修理代、おめえが払うのか？　お？　俺が競馬で負けた金、おめえが払うのか？　お？　どうなんだ？　お？　お？

お？」

屁理屈と詭弁《きべん》で粘着質に問い詰める鷹場に、マルキド兄弟がツボに嵌まり手を叩き大笑いしていた。

「いいぞ！　鷹やん！　そんな顎鬚《あごひげ》ガリガリおやじ、もっと味噌糞に言ってやれ！　二度とこんな電話かけてこられないように、徹底的に言葉の暴力で心を折って、インポになって鬱《うつ》になって線路に飛び込むくらいに追い詰めてやれ！」

梨本兄が自慰行為を中断し、アーティストのライブに行っているファンのように瞳を輝かせ、拳《こぶし》を突き上げた。

「そうだそうだ！　鷹場っちの暴言と雑言と罵倒と軽蔑と嘲笑で、ヤギジジイがストレスで胃潰瘍《いかいよう》、円形脱毛症、激太り、嘔吐《おうと》、血尿で苦しみ、最終的には胃癌と脳卒中のツープラトン攻撃でくたばるくらいに追い詰めてやれ！」

梨本弟も自慰行為を中断し、口角沫《こうかくあわ》を飛ばしつつ、労働組合のデモ運動さながらに声高に叫んだ。

ふたりとも、さすがはサディストのスペシャリストと言われるだけあり、加虐的表現が冴《さ》え渡っていた。

『あいつらの声……聞こえてますよ……社長は、どっちが大事なんですか!?』

屈辱の海に溺れた松永が、涙声で叫んだ。

「俺にとっちゃ、俺の利益になる奴が大事だ。その意味じゃ、いまんとこマルキド兄弟のほうが大事ってことになるな」

『これまで苦楽をともにしてきたのに、ひどいっすよ……』

「グダグダ言ってねえで、とりあえず戻ってこい。もう、近くにいるんだろうがよ？　話の続きは、それからだ」

一方的に言うと、鷹場は電話を切った。

「さすが『溝鼠』と畏怖《いふ》されるだけのことはあるね～。なあ、顎鬚ガリガリおやじ戻ってきたら、また、痛めつけてやろうか？」

梨本兄が、散歩をねだる犬のような瞳を向けてきた。

「やっちゃおう、やっちゃおう！　治療したばっかのヤギジジイの腕を、もう一回、折ってやろうぜ！」

梨本弟が、遊園地に行くことになった幼子のようにはしゃいだ。

「おめえらを雇ったのは、松永をいたぶるためじゃねえ。『汁倶楽部』を潰すためだってのを、忘れるんじゃねえぞ」

鷹場は、ふたりの眼を交互に見据えながら言った。

どちらがボスか――どちらがイニシアチブを握っているのかを、はっきりさせておかなければならなかった。

「俺らが、あんたの指示なんて受けたくないって言ったら？」

挑戦的ないろを浮かべた瞳を向けてくる梨本兄。

「俺は、仁藤会長にある大きな貸しがある。会長は、俺のためならなんだってやってくれる。俺に反抗するってことは、会長に反抗するってことだ。嘘だと思うなら、会長に確かめてみろよ」

鷹場も、眼を逸《そ》らさずに梨本兄を見据えた。

ここで弱気な面を少しでも察せられれば、すぐに足もとをみられてしまう。

「鷹場っちのほうが、僕らより会長と関係が深いっていうのか？」

梨本弟が、疑わしそうな眼を向けながら訊ねてきた。

「さあ、どっちのほうが関係が深いかは知らねえが、俺には大きな貸しがあるから、会長はそれを返さなきゃならねえってだけの話だ。おめえらが会長から俺のために動けって命じられたことでも、わかるだろうよ」

鷹場は涼しい顔で言ってはいるが、正直、仁藤の気持ちなどわからなかった。

たしかに、昔、仁藤から復讐の依頼を受け、恨みを晴らしてやったことがある。

それ以降、仁龍会が後ろ盾《だて》になった鷹場には、アンダーグラウンドの住人も迂闊《うかつ》に手を出すことができなくなっていた。

部外者とはいえ、いろいろな知恵があり頼れる自分と、専属の腕利きヒットマンではあるが一歩間違えば爆弾になるかもしれないマルキド兄弟――仁藤が、どちらに利用価値を感じるかわからなかった。

どちらにしても、主導権を握るためにも、自信満々の体《てい》を崩すわけにはいかなかった。

「まあ、そう言われれば、たしかにそうだなぷきんたまんこんどーむっつりすけべろりんちょ！」

意味不明の下品なシリトリを口にした梨本兄が、親指を立てた。

「弟のほうも、俺に従うか？」

「兄貴がそうするなら、僕もそうするよっぱらったおんなをほてるにつれこみばっこんばっこん！」

梨本弟も、兄同様に下品なシリトリを口にした。

一度、この兄弟の頭を搗《か》ち割って中をみてみたかった。

「戻りました……」

地下室のドアが開き、ギプスで固めた右腕を吊った松永が蒼白な顔で現われた。

「お帰り〜」

「手を洗ってうがいしろ〜」

マルキド兄弟が、自慰行為を再開しながら松永に声をかけた。

「てめえら……馬鹿にしやがって……」

松永の唇が、怒りにぶるぶる震えた。

「おい、松永、カッカするんじゃ……」

「入ってきてくださーい！」

鷹場を遮《さえぎ》った松永が大声を張り上げると、背後のドアが開き複数の黒い影が雪崩《なだ》れ込んできた。

複数の黒い影――ピンクのタンクトップを着た褐色に焼けた短髪の男を中心に、左右に赤いタンクトップを着たスキンヘッドの男達。

三人ともマッチョで、拳銃を手にしていた。

「私はクリスって者よ。あんた達、動くんじゃないわよ！」

中央のピンクタンクトップの男――クリスが、オネエ言葉で叫び拳銃を突きつけてきた。

意表を衝《つ》かれたマルキド兄弟は下半身裸のまま、一時停止ボタンを押された静止画像のように固まっていた。

「松永……これはよ、いったい、どういう意味だ？　俺を、裏切ったのか？　お？」

鷹場は、腐敗した生卵の白身さながらにどろりと濁《にご》った眼で松永を見据えた。

「ああ、裏切ったさっ。あんたが、俺をこんな目にあわせるからだ！　さんざん、俺を笑いものにしやがって！」

松永の絶叫が、地下室に響き渡った。

「なるほどな。やっぱり、おめえはその程度の男だな。ところで、おめえらは、ゲイのヤクザか？」

鷹場は、挑発的な言葉をクリスに投げかけた。

時間稼ぎ――マルキド兄弟に反撃のチャンスを作ってやりたかった。

「いいえ、ヤクザじゃないわ、私は、赤リンの恋人よ」

クリスが、意味ありげに微笑んだ。

「赤リン？　なんだそりゃ？」

「赤リン！　あなたが会いたがっていた鷹場英一が、呼んでるわよ！」

クリスが叫ぶと、ドアから拳銃を手にした小柄で色白の男が現われた。

「はじめまして鷹場さん。私、『汁倶楽部』の代表の赤迫と言います」

鷹場の正面で足を止めた赤迫は、物静かな口調で言うと慇懃《いんぎん》に頭を下げた。

「『汁倶楽部』⁉　こいつあ、驚きだ。手間が省けたってもんだ。俺も、おめえらのこと探そうとしてたんだよ」

鷹場は、ふてぶてしい顔で言った。

内心、混乱していたが、いまは、とにかくマルキド兄弟が突破口を作るための時間を稼ぐしかない。

ここでマルキド兄弟が活躍できなければ、松永をいたぶって物真似してオナニーしにきただけになる。

「私も、ずっとお義兄《にい》さんを探してました」

「は？　お義兄さんって、誰のことだ？」

「もちろん、あなたのことですよ」

「おめえ、おちょくってんのか……」

「私は、鷹場源治と愛人との間に生まれた子供……つまり、鷹場英一さん、あなたの腹違いの弟ってことです」

「なっ……」

淡々とした口調で驚愕の真実を告げる赤迫の言葉に、鷹場は絶句した。

「会いたかった……本当に」

赤迫は感極まった表情で言うと、拳銃を鷹場の額《ひたい》に押しつけてきた。

「この手で、殺すためにね……」

恍惚《こうこつ》にうわずる声で言いながら、赤迫の人差し指がトゥリガーにかかった。

11

銃口の先――歓喜に潤《うる》む瞳に映るのは、長年、追い求めてきた怨敵の姿だ。

歓喜。そう、ずっと、夢みてきた。

尊敬するあの方……父、源治を裏切り殺した悪魔に復讐を果たすことを。

短く刈り込み立てた髪、マシュマロを詰め込んだような腫れぼったいひと重瞼《えまぶた》、ノックアウトされたボクサーのようなひしゃげた鼻――初めて会った鷹場は、想像通りのイメージの男だった。

下種《げす》で、狡猾《こうかつ》そうで、卑しく……嫌悪と虫酸《むしず》の間に生まれてきたような鷹場は、赤迫の期待をまったく裏切らなかった。

ひと目みただけで、こんなに吐き気を催す男がいるとは驚きだった。

源治の仇という因果関係がなく初対面の人間であっても、鷹場をみたら生理的に嫌いになるだろう。

逆に、この男を好きになる人間などいるのだろうか？

「おめえが俺の弟？　あんな最底辺の蛆虫《うじむし》みてえな男にも、愛人がいたっていうことか？　ドケチで小心者で守銭奴でド変態でインポのブ男のあんな野郎とおまんこする物好きな女がいんのか？」

鷹場が、薄笑いを浮かべながら言った。

「あの方を馬鹿にするのはやめてください」

赤迫は、怒りを押し殺した声で言った。

「あの方!?　あの方って誰だよ？　まさか、まさか、まさか、おめえよ、あんな鼻糞みてえな男、いや、鼻糞以下の男のことを、尊敬してんのか……」

鷹場が噴き出し、手を叩きながら爆笑した。

「なにがおかしいんです？」

「だってよ……鷹場源治を尊敬するなんてよ、てめえの娘のパンティの匂《にお》いを嗅《か》ぎながらせんずりこくオヤジを尊敬するって言ってんのと同じだぜ？　またはよ、ガキの

頃からかわいがってくれたおばあちゃんをアナルセックスで犯す男を尊敬するって言ってんのと同じだ。ほんと、おめえよ、笑わせてくれるよな」

　鷹場は、涙まで流して爆笑していた。

「いい加減に……」

「赤リン、こんな奴のペースに乗らないで、さっさと殺しちゃえばいいのよ」

　赤迫の言葉を遮り、赤坊主とサラサラロン毛のふたりに拳銃を突きつけていたクリスが、痺《しび》れを切らしたように言った。

　言われなくても、殺すつもりだった。

　ただし、じっくりと、時間をかけていたぶりたかった。

　悲願だった憎き「溝鼠」を追い詰めることができたというのに、あっさり殺すのはもったいなさ過ぎる。

　鷹場源治というかけがえのない人間を殺してしまったことを、たっぷりと後悔させながら、猫の皮を剝ぐように、犬の四肢《しし》を切断してゆくように、ひと思いに殺してほしいと懇願《こんがん》してくるほどの恐怖を与えてやりたかった。

　そう、足もとに跪《ひざまず》かせ、命乞いをさせてやりたかった。

　みっともないほどに動揺させ、さんざん弄《いじ》ったあとに虫けらのように殺してやりた

かった。

「おい、赤リン、あのクリスっていうマッチョホモ、さっきから俺のことエロい眼でみてるけどよ、欲求不満が溜《た》まってんじゃねえのか？　おめえのケツの穴がゆるゆるで、満足できねえんじゃねえのか？　お？　両脇のホモハゲふたりのチンポをうまそうに頰張《ほおば》ってたらどうするよ？　お？　あながち、ありえねえ話じゃねえぜ？　なあ、マッチョホモにホモハゲさん達よ」

鷹場が、卑《いや》しい笑いを浮かべながら言った。

下種、下劣、下品――つくづく、下等で低俗な男だ。

節足動物並みの低次元な男と兄弟など、恥ずかしいを通り越して屈辱だった。

「あんた、勝手なことを言わないでちょうだい！　私は赤リンひと筋よ！　ほかの男に興味なんてないし、あんたみたいなブ男をエロい眼でみるわけないじゃないさ！いまの言葉、取り消してちょうだい！」

クリスがこめかみと首筋に幾筋もの太い血管を浮き立たせ、激しく抗議した。

ホモハゲとひと括《くく》りにされたポールとジョニーも熱《いき》り立ち、血走った眼で鷹場を睨《にら》みつけていた。

ふたりは、クリスが経営する風俗店の用心棒だ。

それぞれ柔道の黒帯を持ち、ベンチプレスでは二百キロのバーベルを上げる怪力の持ち主だ。

ふたりとも、ヤクザから破門されて路頭に迷っていたところをクリスに拾われ、雇ってもらった経緯があり、いわば恩人だ。

クリスを侮辱されるということは、自分が侮辱される以上の屈辱なのだ。

「そんなにムキになるってことはよ、図星だな？　なあ、マッチョホモの旦那《だんな》よ、右のホモハゲと左のホモハゲ、どっちのほうが締まりがいいんだ？　お？　それともよ、おめえがケツの穴と口にふたりのホモハゲのチンポを同時に突っ込まれてんのか？　お？」

「あんた、人を馬鹿にするのもそのへんにしとかないと、赤リンより先に私が撃つわよ！」

クリスのバリトンボイスが、地下室の空気を震わせた。

「クリス、彼は僕の獲物です。あなたも、ご自分の置かれている状況がおわかりですか？　あなた達三人は丸腰で、四人の男達に拳銃を突きつけられているんですよ？　私がこの指を引けば、一秒後にはあなたの脳みそがコンクリート壁にへばりつくことでしょう」

「だったら、さっさとそうすればいいじゃねえか？」

賞味期限切れの卵白さながらに濁った眼で見据えてくる鷹場が、怯《おび》えているようにはみえなかった。

卑怯と臆病――「溝鼠」の噂でよく耳にするフレーズだったが、この状況で眉《まゆ》ひとつ動かさずに平静を保つ鷹場は、少なくとも臆病にはみえなかった。

それとも、つけ込まれないための演技なのか？

だとしたら、それはそれで名優だ。

プロの俳優でも、モデルガンならいざ知らず、本物の拳銃を突きつけられれば男らしい主人公を演じ続けるのは無理な話だ。

「そうはいきません。あなたには、たっぷりと地獄を味わって貰うつもりです。いままで、多くの人にあなたがそうしてきたようにね」

赤迫は、鷹場から視線を逸《そ》らさず、唇に薄い笑みを浮かべた。

「俺をそこまで恨む理由ってのは、源治を殺したからか？」

「父から、いつも聞かされていました。あなたがどれだけ恩知らずで、自己中心的な卑怯者かということを。実の姉に恋心を抱《いだ》き性の対象にしていたことを父に注意され根に持つ息子。親の財布からたびたび金を盗んでいたことを父に注意され根に持つ息

子。ヤクザから大金を奪うために父と姉を利用して殺した息子。それが、鷹場英一さん、あなたです。そんな愚息でも、父は更生させようと根気よく愛情を持って躾《しつけ》をしました。ときには厳しく、体罰も与えたことでしょう。それもこれも、あなたが将来、人の道を外れた人間にならないため……すべては、親心でした。親の心子知らず……あなたは父のことを逆恨みし、心身の成長とともに反旗を翻《ひるがえ》し、最終的には己《おのれ》の欲のために殺した……。僕は、くる日もくる日もあなたへの復讐を胸に生きてきました。ようやく、願いが叶《かな》います。父に代わって、僕が無念を晴らします」

赤迫は口調こそ静かだったが、瞳の奥には狂気が宿っていた。

「自己中心的な卑怯者？　その言葉、そっくり源治に返してやるぜ。いいか？　たしかに俺は、実の姉貴を性の対象にした。ガキの頃から姉貴の下着を嗅いだり証明写真をみながらせんずりをかいた。だがよ、源治はその娘を犯しまくっていた。源治の財布から金を盗んだ記憶はねえが、煙草を買いに行かされ戻ってきたら釣り銭ごまかしただろうと因縁《いんねん》をつけられ、きんたまをライターで炙《あぶ》られてわさびを塗りつけられたことはあるぜ。たしかにヤクザの親分から金を奪い源治を殺した。だがよ、最初にヤクザから金を持ち逃げしたのは源治で、ひとりじゃ逃げ切れねえから、姉貴と俺を巻き込んだ。源治は、端《はな》から俺と姉貴の命と引き換えに、ヤクザの金を独り占めにしよ

うとしていたんだ。源治の言いぶんじゃよ、ろくでもねえ息子が我欲で親を殺したみてえになっているが、とんでもねえ。俺は、ただ、てめえの身を守っただけだ」

「僕も、体罰は何度も受けました。ただ、それは、僕が悪いんであり、当然の報《むく》いです。父は、私情を交えるようなことはありません。相手が向上するためなら、ときには天使にもなり、ときには悪魔にもなる……そんな人です」

赤迫は、源治の思い出を振り返りながら、物静かな口調で言った。

あの方のことを考えるだけで、胸が張り裂けてしまいそうだった。

もう二度と、寛容な深い瞳も、慈悲深い柔和な笑顔もみることができないのだ。

込み上げる怒り——堪《こら》えた。

焦《あせ》る必要はない。

憎き鷹場英一は、銃口の先に捉《とら》えているのだから。

「天使だぁ!? おめえよ、そりゃ、痴漢や下着泥棒を神父だ牧師だって言ってんのと同じだぜ? おめえ、あのひとでなしにオカマ掘られていたのか? お? ガキの頃からひとでなしに突っ込まれ続けたちんぽの味が忘れられなくて、仇討ちしようってのか? おお?」

大爆笑する鷹場——赤迫の血液が沸騰《ふっとう》した。

だが、寸前のところで理性を保った。

鷹場は、故意に自分を怒らせようとしているようだった。

「父に聞いていた通りの、下種で低俗な男ですね。父の血を引いているとは、信じられません」

赤迫は、軽蔑のいろの宿る瞳で鷹場を見据えた。

「源治の血を引いてるからこそ、下種で低俗なんだろうがよ？　知ってるか？　あの糞野郎はな、風俗に行く金がもったいねえからって、当時中学生の娘に手でシゴかせて性欲処理してたような男だぜ？　ほかにもよ、金を使いたくねえからって、下校途中の小学生を待ち伏せして、頭を殴って小遣いをぶん取り煙草銭にしてたような男だ。そんな野郎のどこを尊敬できるんだ？　お？　そんなもん、三段腹の五十女をグラビアアイドルだと思って抱けって言うのと同じくらい、ジョッキに入った小便を生ビールだと思ってうまそうに飲めって言うのと同じくらいの無茶ぶりだぜ」

鷹場は、目尻から涙を流し、痙攣《けいれん》したように笑い続けていた。

挑発に乗ってはならない。

きっと、鷹場はなにかを企《たくら》んでいるに違いなかった。

「あなたは、突然変異で生まれた失敗作です。ボクシングの世界チャンピオンから、

必ずボクシングが強い子供が生まれるとはかぎりません。あなたは、鷹場源治の血を引いていながら、似ているところなどひとつもありません」

赤迫は、願望も込めて断言した。

あの方のDNAを正統に継承しているのは自分だ。

あの方の後継者として相応《ふさわ》しいのは自分だ。

「そう願いてえもんだな。仲睦《なかむつ》まじい夫婦をみかけたら、旦那の前で女房をめちゃめちゃに犯してやりたくなるとき、かわいい子犬をみかけたら、抱き上げて地面に叩きつけたくなるとき、老婆《ろうば》をみかけたら、助走をつけて後ろから蹴飛ばしてやりたくなるとき、俺はよ、あのくそ野郎の子供だってのを思い知らされるぜ。まあ、くそ野郎に褒《ほ》めてやれるところがあるとすれば、おめえみてえな気色の悪い女男のケツの穴にちんぽをぶち込めたってことくらいだな」

間違いない。

鷹場は、あらゆる角度から神経を逆撫《さかな》でして、自分を激怒させようとしている。

そして、鷹場の腹が読めた。

自分を挑発することで冷静な判断力を失わせ、その間隙《かんげき》を衝《つ》こうとしているに違いない。

そんなシナリオに乗るわけには……。

「もう、許せないわ！」

突然、クリスが絶叫し、拳銃を鷹場に向けた。

クリスに倣《なら》い、ポールとジョニーも鷹場に拳銃を向けた。

「クリス、やめ……」

赤迫の声を、銃声が遮《さえぎ》った。

ポールが腹を押さえて蹲《うずくま》り、ジョニーが仰向《あおむ》けに倒れた。

赤坊主がクリスに、サラサラロン毛が自分に銃口を向けていた。

「おーっと、鷹場っちの挑発に乗ったオカマ三人が気を抜いた瞬間に形勢逆転だーっ。さあ、赤リン、このピンチをどう乗り切るんだー！」

サラサラロン毛が、実況ふうに叫んだ。

「憎きエイイチタカバ追い詰め勝利を確信したとたん、思わぬ伏兵《ふくへい》現われどんでん返しゲームは振り出しさあどうする赤リンオーイェイ！」

赤坊主が、ヒップホップのリズムで上半身を上下に揺すりながら挑発的台詞《せりふ》の数々をラップ調に並べ立てた。

してやったりの表情で唇の端を吊り上げた鷹場をみて、赤迫は悟った。

鷹場は、この瞬間を作るために挑発行為を繰り返し時間稼ぎをしていたのだ。

「形勢は逆転していませんよ。たしかに僕は拳銃を突きつけられていますが、僕も彼に拳銃を突きつけてますからね。まあ、五分五分というところですね」

赤迫は、冷静な口調で言った。

ここでつけ込まれると、一気に命まで奪われる恐れがあった。

「それはよほぉ、どうだろうなはぁ。互いに拳銃を突きつけているという点ではよほぉ、五分かもしれないがよほぉ、ひとつよほぉ、大きな落とし穴がある」

赤坊主が、誰かの物真似なのか、おかしな喋《しゃべ》りかたを始めた。

「落とし穴って、なんです？」

赤迫は、鷹場から視線を外さずに訊ねた。

「つまりやな、俺らな、鷹場はんが撃たれてもそんなに困らへんのよ。そういうことやからな、俺らな、あんたのこと撃とう思うたら撃てるんよ。ヒーッ」

今度は違う声——サラサラロン毛が、どこかで聞いたような関西の芸人ふうの物真似で答えた。

誰の物真似だろうが、ふたりの頭がイカれ気味だろうが、そんなことはどうでもよかった。

聞き捨てならないのは、鷹場が撃たれてもいいという発言だ。

ハッタリか、それとも本音なのか？

もし本音なら、絶体絶命の危機ということになる。

「あんた、こんなこと言われてるけど、いいんですか？」

赤迫は、鷹場に訊ねた。

リアクションで、赤坊主とサラサラロン毛がハッタリなのかどうなのかを探るつもりだった。

「いいわけねえだろうがよ。おめえらよ、本気で言ってんのか？　お？」

鷹場が、赤坊主とサラサラロン毛に険しい顔を向けた。

「ああ、本気に決まってんだよほぉ。あんたのせいでよほぉ、俺はよほぉ、危うく撃ち殺されるところだったんだよほぉ」

「ほんまやで！　あんたのごたごたで命落としとうないわ！　けったいな男達がやな、いきなりチャカ持って踏み込んできてやな、たまったもんやないで、ほんまに！」

赤坊主とサラサラロン毛が、それぞれ誰かの物真似で怒りを顕《あらわ》にした。

芝居……出来レースなのか？

表面的にみただけでは、どちらなのか判別がつかなかった。

「赤リン、騙《だま》されたらだめよ！　こいつら、グルに決まってるんだから！」

「またホモマッチョ、お前かいな！　信用でけへんなら、これでどうや！」

サラサラロン毛が、いきなり鷹場に向けて発砲した。

「うぉあ……」

鷹場が、脇腹《わきばら》を押さえて蹲った。

脇腹を押さえている手が、みるみる赤く濡れた。

「本当に、撃ったわ……」

クリスが、あんぐりと口を開け顔色を失った。

それは、赤迫も同じだった。

これで、自分とクリスが鷹場に拳銃を向けていることの意味がなくなってしまった。

「だからよほぉ、言ったじゃねえかよほぉ、鷹場ちんが死んでもよほぉ、俺らはちっとも困らねえってよほぉ。さあ、わかったらよほぉ、拳銃捨ててよほぉ、両手を上げるんだよほぉ」

赤坊主が、勝ち誇ったように言うと赤迫とクリスに命じた。

赤迫は、動転する脳内であらゆる可能性を模索した。

銃口の先で、苦悶の脂汗《あぶらあせ》を額《ひたい》に浮かべる鷹場が、教えてくれた。

従わなければ、呆気なく撃ち抜かれるだろうということを。

赤迫は、腕を下ろした――掌《てのひら》から滑り落ちた拳銃がコンクリート床の上をクルクルと回転した。

「赤リン、こんな奴らの言いなりになるの!?」

「言う通りにしてください」

赤迫は、クリスに命じた。

「でも……」

「蜂《はち》の巣になりたいのなら、好きにすればいいですよ」

「わかったわよ……」

冷めた口調で言う赤迫に、渋々と従ったクリスが拳銃を手放した。

「頭がイカれてるだけの兄弟だと思っていたがよ、チャカ弾く腕はさすがにすげえな。出血の割りには傷は浅《あせ》え……っていうか、掠《かす》り傷だ」

「褒《ほ》めてくれてありがとうですぅ～」

鷹場が言うと、サラサラロン毛が国民的アニメの子供の真似をした。

「僕を……嵌《は》めたんですか？」

訊ねるまでもなかった。

あまりの屈辱に、声が震えていた。

「おらは知ってたぜ。おめえ、なにも知らなかったのか?」

赤坊主も、アニメヒーローの物真似をしながら訊ねてきた。

脳みそが煮《に》え立っているように、頭が熱くなった。

完璧に騙《だま》された……間抜けもいいとこだ。

つまりは、自分とクリスに拳銃を捨てさせるために、ひと芝居打ったということだ。

襲撃されるとは知らなかったはずなので、咄嗟《とっさ》のアドリブに違いない。

鷹場もサラサラロン毛も赤坊主も、打ち合わせもなしに以心伝心のナイスプレイというやつだ。

それに引き換え、自分とクリスは恋人同士にもかかわらず意思の疎通《そつう》ができていなかった。

あらゆる面で鷹場にしてやられたような気分に陥った。

「赤リンちゃんよ、おめえ、本当に、源治の血が流れてんのか? お? おめえ、俺と対等に戦えると思ってたのか? お? 復讐のプロの俺に復讐しようなんざ、百年早《はえ》えってやつだ」

鷹場が、勝ち誇ったような顔で言った。

――おめえは、たしかに兄貴の血を引いているがよ、源治に似てるって点じゃ、もうひとりの息子、英一にはかなわねえ。

源治の弟……源三の声が不意に鼓膜《こまく》に蘇《よみがえ》った。

――僕のどこが……奴より劣っているんですか？

鷹場が自分より優れている話など聞きたくはなかったが、敵の最大の武器を知ることとは戦術において必要だ。

――おめえもなかなか疑り深ぇが、英一ほどじゃねえ。英一は、てめえ以外、誰ひとりとして信用しちゃいねえ。

――クリスのことを言ってるんですか？

――いいや。源治だ。

――お父さん……ですか？

——ああ、そうだ。おめえは信用どころか、兄貴を崇拝《すうはい》している。英一は逆に兄貴を恨み、最終的には殺しちまった。これだけを比べても、おめえの甘さのほうが眼につくぜ。


いまになって、源三の言っている意味がわかった。

自分も鷹場も、源治に感謝こそすれど恨みに思うことはありえないはずだった。

だが、鷹場には、源治にたいしての感謝は一ミリもなく、あるのは恨みと怒りだけなのだ。

赤迫には、到底、信じられなかった。

人間性の問題だけではなく、潜《くぐ》ってきた修羅場の数が違うということなのか？

「おい、おめえ、こっちにこいや。オイタしたときは、お仕置きを受けねえとな」

不意に、鷹場は赤迫から外した視線を背後——松永に移した。

「あ、あの、すみません……裏切るつもりは……」

「いいから、早く……」

青褪《あおざ》め釈明しようとする松永を遮《さえぎ》り、鷹場が屈《かが》んだ。

「こいって！」

立ち上がった鷹場の手には、赤迫の手放した拳銃が握られていた。

「ほ、本当に……すみま……」

松永の半泣き声が、銃声に掻《か》き消された。

腹を押さえて膝《ひざ》をつく松永――駆け寄った鷹場は、松永の髪の毛を鷲摑《わしづか》みにすると口腔《こうくう》に銃口を押し込んだ。

「この口が、嘘吐《つ》いたんだよな？　お！」

鷹場は、引き金を絞った――左の頰が裂け、血肉が飛散した。

悲鳴、絶叫――泣き喚《わめ》く松永。

今度は、反対側に銃口を当て引き金を絞った――右の頰が裂け、血肉が飛散した。

破れた頰からは、血肉だけでなく砕け散った歯も飛び出していた。

鷹場が髪の毛を摑んでいた手を離すと、松永が仰向けに倒れた。

腹を撃ち抜かれ両頰が破れた松永は、瀕死《ひんし》の状態だった。

突然、鷹場がファスナーを下ろした――跪《ひざまず》き、屹立《きつりつ》したペニスを裂けた松永の左頰に突っ込んだ。

「お……おぅ……むふぅ……た、たまんねえな……これがやりたくって、ほっぺたぶち抜いたってわけよ……」

鷹場が鼻から甘い吐息を漏らしつつ、腰を前後に振った。

左頬から貫いた鷹場のペニスは、腰が前に突き出されるたびに右の頬から亀頭を覗《のぞ》かせた。

赤迫は、胃のムカつきを覚えた。

目の前で、ひしゃげた小鼻を膨らませ、恍惚の顔で松永の頬に「串刺しピストン」をする鷹場をみて、赤迫は圧倒された。

その常軌を逸した変態ぶりに。

その常軌を逸した狂気ぶりに。

その常軌を逸した倒錯ぶりに。

「欠けた歯がよ……裏筋を擦ってよ……あふぅん……おおぁ……はぁーっ、イク……イク……うふぁ！」

喘《あえ》ぎ声とともに、右の頬の穴から顔を覗かせていた鷹場の亀頭から、白濁した液が噴出した。


この男に、勝てるのか？

赤迫は、自問自答した。

耳を澄《す》ましても、心の声は返ってこなかった。

12

鷹場は、拳銃で撃ち抜かれて空洞になった松永の頬に串刺しにしていたペニスを引き抜くと、亀頭を濡らす精子を既《すで》に事切れている松永のワイシャツで拭った。

形勢逆転——奇襲攻撃を受け虚を衝かれたが、潜ってきた修羅場が違う。

まさか、澪以外に兄弟がいるとは驚きだった。

しかも、その異母弟は源治を神か仏とばかりに崇拝し、兄の自分を恨んでいる。

いや、そんなに生易《なまやさ》しい感情ではなく、まさに仇だ。

おおかた、自分を潰すために生前の源治が赤迫を洗脳したのだろう。

さすがは源治の血を引いているだけあり、赤迫は倒錯者だった。

だが、これまでに「殿堂入りクラス」の変態達と数え切れないほどの死闘を繰り広げてきた鷹場にとっては、並だった。

大ファンのオードリー・ヘプバーンのポスターの鼻の穴に大量に引き抜いた自分の

陰毛を貼りつけ興奮していた八木《やぎ》、馬鹿にされると一時間は反論し「広辞苑」を暗《あん》誦《しょう》し小卒のコンプレックスを隠そうとしていた鉄吉《てつきち》、三十センチの大ムカデや掌より大きなタランチュラを親友にしている大黒《だいこく》……いままで、鷹場が向き合ってきた変態達の常軌の逸しぶりに比べると、赤迫はまだまだ甘い。

なにより自分は、史上最狂の変質界の神である源治と戦ってきたのだ。

赤迫も源治から数々の「お仕置き」を受けてきたのだろうが、自分とは質が違う。

父を尊敬し、慕っている優等生の赤迫と、父を嫌悪し、軽蔑している自分とでは、「お仕置き」にたいする源治の気合の入りかたも違うはずだ。

ひとつ言えることは、源治は自分を嫌いで嫌いで仕方がなかった。

自分に比べれば、赤迫のことは好意的にみていたはずだ。

母親が違うとは言え、源治からすればふたりとも血をわけた子供だ。

源治が差別するのは、英一のほうが赤迫よりも己に似ているからだ。

近親憎悪というやつだ。

だが、源治が英一を目の敵にしていたのは、憎悪ばかりが理由ではない。

恐怖――源治は、我が息子が成長するにつれ、いつの日か報復されるのではないかと恐れていたのだ。

己が行ってきた悪虐無道を思い返すほどに、我が息子の存在が恐くなったに違いない。

自分が無力なうちに芽を摘《つ》み取るつもりだったのだろう。

「僕を、どうするつもりですか？」

赤迫が抑揚のない声で訊ねてきた。

マルキド兄弟に銃口を突きつけられ、絶体絶命の状態に置かれているとは思えない落ち着きぶりだった。

ホモマッチョの恋人やホモハゲの配下の目の前で、強がっているとは思えない。

鷹場を見据えてくる瞳から、怯《おび》えは窺《うかが》えなかった。

静かなる怒り……静かなる殺意——赤迫は、ビジュアルの軟弱さとは裏腹に肝《きも》の据わった男だった。

いまでこそ、「闇世界の帝王」などと神格化され、広域組織の組長と大物政治家をバックにつけるようになり、怯える、ということのなくなった鷹場も、昔はまさに鼠のようにビクビクとしていた。

真正面から喧嘩のできない男……五分五分の相手どころか、八十パーセント勝てそうな相手にも決して正面から喧嘩を売ることはしなかった。

九十パーセント勝てそうな相手の後ろから不意打ち——それが、鷹場の喧嘩のやりかただった。

その頃の自分に比べれば、赤迫はかなり度胸が据わっていると言える。

闇社会を知ったつもりでいる、この甘ちゃんのボンボンに教えてやらなければならない。

真の屈辱とはどういうものか？

真の変態とはどういうものか？

真の恐怖とはどういうものか？

「メジャーリーガーと高校野球」

言いながら、鷹場は赤迫に歩み寄った。

「僕の質問の答えになっていませんが？」

憎らしいほど、赤迫は冷静だった。

そのクールな「鉄仮面」を引っ剝《ば》がし、動揺し、強張り、泣きっ面《つら》で許しを乞う無様な赤迫をみたかった。

「ライオンと三毛猫、オオカミとチワワ、カブトムシとカナブン、バラと雑草……なんだかわかるか？」

「わかりません」

素っ気なく、赤迫が言った。

「前者が俺で、後者がおめえだ。つまり、俺とおめえでは役者が違うってことだ」

「そうですか。それで？」

拍子抜けするほどあっさり返事をした赤迫が、無表情に訊ねてきた。

「本当に、かわいげのねえ野郎だな。まあ、いいだろう。いまから、地獄をみせてやるからよ」

鷹場は松永の口の中で発射し萎《しお》れたペニスを扱《しご》きながら、口角を吊り上げた。

「僕の目の前でそういう下品な行為はやめてもらえますか？」

蛇蝎《だかつ》をみるかのような眼を鷹場に向け、赤迫が冷めた口調で吐き捨てた。

「下品な行為をやめてほしいだと？　お？　おめえの言ってることはよ、蛋白源《たんぱくげん》に蛆《うじ》虫《むし》食ってるような部族がよ、刺身とか生ものは食えねえって言ってることと、未成年のデリヘル嬢を抱いているオヤジがよ、援助交際してる女子高生をとんでもない親不孝ものだと言ってることと、ぶよぶよに太っているデブ男がよ、煙草を止められない部下に自己管理がなってないと説教垂れてることと同じだってことを、わかってんのか？　お？　痴漢を非難する下着泥棒、アル中を非難する薬物中毒、イボ痔の友人を

哂《わら》う切れ痔の男……ちんぽ扱《しご》く俺が下品だとか言ってんのはよ、いまのたとえと同じだぜ。お？　不感症のまぐろ女みてえな顔してねえで、なんとか言ってみろや？　おお!?」

徹底的に赤迫を嘲《あざけ》り、侮辱しているうちに、鷹場のペニスは硬度を取り戻した。

「なんとでも好きに言ってください。でも、いままで、あなたのその倒錯した物言いに恐怖を感じ、得体《えたい》の知れぬ空恐ろしさに言いなりになっていた人達と僕は違います。『溝鼠』……人は、あなたの異常なまでの根深さに恐れをなしています。あなたに眼をつけられてしまえば終わりだと、腫《は》れ物に触るようにしか接してきません。『溝鼠』にこんなひどい目にあった、『溝鼠』に関わったら大変なことになる……噂が独り歩きし、『溝鼠』の幻影はどんどん大きくなります。誰もが、『溝鼠』の実像をみようとしません。僕は違います。冷静に、あなたを分析できる力があります。甘くはみていませんが、必要以上に恐れることはありません」

赤迫は、革命家を彷彿《ほうふつ》させる強い意志を感じさせる瞳で鷹場を見据えた。

腹が据わってるのか、世間知らずの自惚《うぬぼ》れなのか、それともただの馬鹿なのか？

鷹場は、拳銃を突きつけられても眉《まゆ》ひとつ動かさない赤迫の真意を測りかねていた。

だが、鷹場にはどうでもよかった。

根性が入っていようが世間知らずだろうが馬鹿だろうが、死ねば同じだ。

ただ、あっさり殺す気はなかった。

鷹場英一の命を狙ったことを、もう生まれ変わってきたくないと思うほど後悔させてやるつもりだった。

「ごちゃごちゃ言ってねえで、しゃぶれや」

鷹場は腰を前に突き出し、勃起したペニスを指差した。

「その不潔なものをしまってください」

表情筋が切れたとでもいうように、相変わらず赤迫の顔色に変化はなかった。

「おめえには、ふたつの選択肢しかねえ。言われたとおり俺のちんぽをしゃぶるか、断って拳銃で頭ぶち抜かれて脳みそ撒《ま》き散らすか……どっちがいい？　お？」

「どっちも断ります。もし、どうしても、というなら、死を選びますね」

抑揚なくあっさりと言う赤迫。

「この状況、わかってるよな？　ハッタリじゃなく、俺が指示するとあいつらは引き金を引く。微塵《みじん》の躊躇《ためら》いもなくな」

「た〜かばのとっつぁ〜ん、あ〜んたに言われなくても、お〜れは撃つぜぇ〜。上か

ら目線で物言われると~困っちゃうぜってぇーの！」

梨本弟が、恐らく「ルパン三世」だろう物真似をしながら言った。

「赤リン、お前はもう死んでいる」

梨本兄は、「北斗の拳」のケンシロウ張りに赤迫を指差した。

「僕の自慢は、いままで、一度たりとも後悔をしたことがないということです。ただ、生まれて初めて後悔という感情を知りました」

赤迫が、残念そうな口調で言った。

「ようやく、てめえの置かれている立場ってもんがわかったか。いまからでも遅くねえ。俺のちんぽをカリ首から裏筋まで丁寧《ていねい》に舐《な》めてよ、汁まで飲み干せば命は助けてやるかもしれねえ」

鷹場は、心にもないことを口にした。

優秀な義弟に、恥辱のかぎりを味わわせ、屈辱に打ち震えているところを撃ち殺すつもりだった。

「勘違いしないでください。僕が後悔しているのは、不可抗力とはいえ、あなたみたいな品も教養もたった一ミリの尊敬できるところもない最低な人と同じ血が通ってるということです。人生最初にして最大の後悔です。できることなら、あなたと同じ血

だけ注射器で抜き取って捨てたいくらいです」

赤迫が、凍《ここ》えるような冷たい眼で鷹場を見据え吐き捨てた。

もしかしたら、この世間知らずのボンボンを少し甘く見過ぎていたのかもしれない。

自分は、マルキド兄弟とのシナリオがあったので、拳銃を突きつけられても平静でいられた……というより、装《よそお》った。

それでも内心は、心臓が口から飛び出しそうなほど暴れ回っていた。

しかし、目の前の男はどうだ？

赤迫の無表情が演技やハッタリとは思えない。

闇社会で修羅場を潜った数や戦術は、比べ物にならないほど自分のほうが上だ。

だが、赤迫には、「溝鼠」と畏怖される自分よりも勝っているなにかがある。

なにか……それは、恨みの強さだ。

自分は、赤迫に恨みはない……というか、存在を知ったばかりだ。

もちろん、存在を知ってからは、命を狙われたり、罵詈《ばり》雑言《ぞうごん》を浴びせられたりしたので、根に持った。

だが、幼少時から自分にたいして敵愾心《てきがいしん》を抱いていた赤迫とは年季が違う。

鷹場が実の姉……澪に思いを寄せているときも、実の父、源治と騙《だま》し合いをしてい

るときも、赤迫は自分に復讐することだけを考えて生きてきたのだ。

　ようするに、自分が源治を忌《い》み嫌い、寝ても覚めても死を願っていたのと同じだ。だとすれば、相当なエネルギーであり、鉄のように強固な信念に違いない。

　あの頃の、自分の源治にたいしてと同等の憎悪心を持っている赤迫を、ナメてはならない。

　いまのうちに、徹底的に潰しておく必要があった。

「おい、このお坊っちゃまを縛れ」

「た～かばのとっつあ～ん、え～らそうに命令なんてしちゃってさ～」

　梨本弟が、「ルパン三世」の真似で皮肉を言いながら、赤迫の両手を後ろ手に組ませた。

「悪く思うな。北斗神拳は一子相伝。お前は強過ぎる。しかし、その拳は強過ぎるが故《ゆえ》に悲劇を招く凶拳。いまのうちに、封じておかねばならぬのだ」

「北斗の拳」の誰かのキャラクターになりきった梨本兄が、赤迫の手首に粘着テープを巻いた。

「た～かばのとっつあ～ん、こいつ、どうするんだ？」

　梨本弟が、兄から受け取った粘着テープで足首を拘束しながら訊ねてきた。

手が空いたほうはホモ三人衆に拳銃を向けて牽制《けんせい》した。

鷹場はずっと銃口を向けているので、常に二挺の拳銃がホモ三人衆に向けられていた。

「拘束したら、そのへんに転がしておけ」

「ラオウ、口は塞《ふさ》がなくてもいいのか？」

「許しを乞う声を聞きてえから、塞ぎはしねえ」

言いつつ、鷹場は梨本兄に目顔で合図した。

「北斗神拳は一子相伝の奥義《おうぎ》。悪く思うな」

あくまでもケンシロウを気取る梨本兄が低い声で言うと、引き金を引いた——ホモハゲふたりの額《ひたい》が破裂し、仰向けに倒れた。

「ポール！　ジョニー！」

クリスが、蒼白な顔で悲鳴を上げた。

赤迫は声を上げることこそしなかったが、表情を失っていた。

ふざけてばかりいるマルキド兄弟だが、射撃の腕は一流だった。

「お坊っちゃんよ、俺のちんぽしゃぶらねえならよ、おめえの恋人のホモマッチョも、同じようにケンシロウさんが撃ち殺すことになるぜ。お？　どうするよ？」

鷹場は、茶化すように言った。

「あなたの相手は私です。クリスは無関係ですから、巻き込まないでください」

努めて平静を装っているが、いままでと違い赤迫は明らかに動揺していた。

「おいおいおい、冗談だろうよ？　拳銃持って乗り込んできてて、無関係はねえだろうが？　お？」

「クリスは僕についてきただけです。あくまでも、あなたの相手は僕です」

「四の五の言ってんじゃねえ。とにかくよ、俺のちんぽしゃぶって恋人を助けるか、拒絶して恋人殺すか……どっちにするんだ、お？」

鷹場は粘着テープで手足を拘束され転がっている赤迫の前に屈《かが》み、頰にペニスを打ちつけつつ二者択一を迫った。

「わかりました。言うとおりにします」

赤迫が、観念したように言った。

「素直じゃねえか。最初からそういうふうに素直にしてりゃいいんだよ。頰窄《すぼ》ませてバキュームでジュポジュポ吸ってよ、尿道口を舌の先で……うっ……」

激痛――上半身を起こした赤迫が、鷹場のペニスに咬《か》みついた。

「お、おめえ……離しやがれっ……痛《いて》えっ……この野郎っ……ぶち殺すぞ！」

鷹場は、拳銃のグリップで赤迫の後頭部を殴りつけた。

殴れば殴るほど、赤迫の咬む力が……ペニスに走る激痛が増した。

マルキド兄弟は、リアルに腹を抱えて笑っていた。

「は、離さねえと……撃つぞ！」

額に脂汗を浮かせた鷹場は、銃口を赤迫の額に突きつけた。

赤迫は血が滲《にじ》み充血した眼をカッと見開き、鷹場を睨《にら》みつけてきた。

その眼に、怯《おび》えのいろは微塵《みじん》もなかった。

ここで、引き金を引くのは簡単だ。

だが、あっさり殺すなど冗談ではない。

赤迫の心を折り、命乞いさせることのほうが殺すことより難しい。

手足を拘束され、額に拳銃を突きつけられている絶体絶命の状況でも、自分に歯向かってくる赤迫を惨《みじ》めに……無様に命乞いさせたかった。

しかし、このままだとペニスを食いちぎられてしまう。

「……おいっ、ホモマッチョのパンツ脱がして連れてこいっ」

鷹場は、激痛を堪《こら》えながら梨本弟に命じた。

「た～かばのとっつぁ～ん！　ホモおやじ脱がしてどーするつもりなのかな～」

梨本弟が、からかうように言いつつ、ホモマッチョのズボンを引き摺《ず》り下ろした。

「ちょ……やめて……きゃっ！　やめてったら……」

抵抗するホモマッチョのピンクのブリーフを、梨本弟が一気に脱がした。

「おめえが離すまで……俺も離さねえからよ……」

喘《あえ》ぐように赤迫に言うと、鷹場はホモマッチョの萎縮《いしゅく》したペニスに咬みついた。

「痛いっ……痛いっ！」

ホモマッチョが、喉《のど》にイモムシのような太い血管を幾筋も浮かべ、苦悶《くもん》の叫び声を上げた。

痛いのは、鷹場も同じだった。

鷹場は、ペニスに激痛が走るぶん、顎《あご》に力を込めた。

ホモマッチョの叫び声に、拍車がかかった。

追い討ちをかけるように、鷹場は首を左右に振った。

この激痛地獄から逃れるには、ホモマッチョにもっともっと悲鳴を上げてもらわなければならない。

「痛い痛い痛い痛いーっ！」

ホモマッチョの絶叫が最高潮に達したとき、鷹場の激痛が消えた。

赤迫が、鷹場のペニスから口を離していた。

鷹場は、ふたたび咬みつかれぬように赤迫から距離を取った。

ペニスの皮は裂け、肉が食《は》み出していた。

「僕は離したんですから、あなたも早く離してください」

赤迫の声など聞こえないとでもいうように、ホモマッチョのペニスに咬みつき続けた。

獲物を引き摺り込むワニのように、鷹場は激しく頭を右に左に振った。

「あぁーっ！　うぎぉあー！　はぁうぶぁー！」

濁音交じりの悲鳴を上げ暴れるホモマッチョの手足を、マルキド兄弟が押さえた。

「約束が違うじゃないですか！」

赤迫の叫び——無視して、頭を左右に振った、振ったたっ、振った！

口の中に、血の味が広がった。

鷹場は、ホモマッチョの腰を両手で押さえつけ、思い切り顔を横に薙《な》いだ。

「うぎゃおぇわーっ！」

視界に、赤い霧が広がった。

仰向けに倒れ、のた打ち回るホモマッチョの股間からは、男のシンボルが消えてい

た。

コンクリート床が、あっという間に血の海と化した。

鷹場の口には、食いちぎったホモマッチョのペニスがくわえられていた。

「クリスっ、大丈夫か!? クリス!? クリス!」

赤迫が、目の前で声も嗄《か》れんばかりに泣き叫び悶《もだ》え苦しむクリスに呼びかけた。

「やるから、家宝にしろや」

くわえていたホモマッチョのペニスを赤迫の膝《ひざ》の上に吐き捨て、鷹場は言った。

「貴様って奴は……」

大事そうにホモマッチョのペニスを両手で包み込みながら、赤迫は震え声を絞り出した。

「ようやく、敬語じゃなくなったな。気取ってるより、そのほうがいいぜ」

「くだらないことを言ってる暇はないっ。病院だ……救急車を呼ぶんだ!」

赤迫が、大声で叫んだ。

「は? 救急車? なんでだ?」

鷹場は、首を傾げてみせた。

「なんでって……このままじゃ、出血多量でクリスが死んでしまうじゃないか!」

さっきまであれだけクールだった赤迫が、逼迫《ひっぱく》した顔になっていた。

まさか、赤迫のホモマッチョにたいする想いがここまでとは思わなかった。

「ああ、死ぬだろうな。それが、どうしたよ？」

片側の唇を、鷹場はサディスティックに吊り上げた。

「ふざけるなっ。とにかく、頼むから早く救急車を呼んでくれ！」

「それが、人に物を頼んでいるときの態度にはみえないな。お前が本当に反省してるってことが俺に伝われば、救急車を呼んでやってもいい」

「時間がない。どうすればいいか、早く言ってくれ！」

「しゃぶれよ。俺をイカせたら、救急車を呼んでやる。今度咬みつきやがったら、奴らがホモマッチョの心臓を撃ち抜くことになる」

「あんた、まだ、そんなこと言ってるのか！」

「おめえこそ、まだ、そんなこと言ってんのか？　まあ、俺はどっちでもいいがな。このまま、ホモマッチョが出血多量で死ぬだけだからよ」

鷹場は、興味なさそうに言うとトランクスを引き上げた。

「わかったから、さっさと脱いでくれ」

自棄《やけ》気味に、赤迫が言った。

「ついに、その気になったか」

鷹場は、いま穿《は》いたばかりのトランクスを脱ぎ捨てると腰を屈め、怒張したペニスを寝転がる赤迫の口もとに突き出した。

「ほれ、早く、くわえろや」

鷹場が促すと、赤迫が眼を瞑《つむ》り首を擡《もた》げた——屈辱に顔を歪《ゆが》ませ、ペニスを口に含んだ。

生温く、ぬるぬるとした感触が亀頭を包み込んだ。

鷹場源治の愛人の息子に、自分への復讐を誓った義弟にフェラチオさせている事実に、これまでにないほどの興奮に襲われた。

「もっと……舌を使えや……生き物みてえによ……気持ちよくやらねえとイカねえから……救急車を……呼ぶのが遅れて……ホモマッチョが失血死するぜ……」

喘ぎつつ、鷹場は言った。

「お、音を立てろや……ジュポジュポッてよ……」

ダメ出しをするほどに、ペニスの硬度が増した。

睫《まつげ》がちぎれんばかりにきつく眼を閉じ顔を前後に動かす赤迫の姿に、ペニスの硬度が増した。

ときおり、噎《む》せて咳《せ》き込み眉間《みけん》に縦皺《たてじわ》を寄せる赤迫の姿に、ペニスの硬度が増した。

「ねえねえ、先生、あのお兄ちゃん達、なにしてるの？」

「あのお兄ちゃん達はね、お遊びしてるのよ」

幼児に扮した梨本弟の問いに、先生に扮《ふん》した梨本兄が答えた。

「なにごっこ？」

「あれはね、アイスキャンディ屋さんとお客さんごっこなのよ」

「先生、どうして、あのお兄ちゃんはおちんちんを食べてるの？」

「あれはね、おちんちんに似てるけど、新発売のアイスキャンディなのよ」

「えーっ、いいな！　僕も、アイスキャンディ食べたい！」

「だめよ。あれは大人のアイスキャンディで、子供が食べてもおいしくないのよ」

「アイスキャンディはおいしいよ！　僕、どんな味のアイスキャンディも好きだもん！」

「でもね、あのアイスキャンディはお刺身みたいに生臭い味がするし、それに、ペロペロ舐め続けているうちに、とっても苦～い液体が出てくるのよ」

くだらない会話を続けるマルキド兄弟に、鷹場は視線を投げた。

本当に、くだらなかった。

人生に、彼らがいま交わしている会話より無益なことは存在しないに違いない。

しかし、もう、彼らの頭がおかしいとか、そういうふうには思わなかった。

いや、イカれていることに違いはないが、それだけではない。

エキセントリックな言動ばかりでも、周囲の動きを的確に把握している。

現に、赤迫達の奇襲攻撃を形勢逆転できたのも、マルキド兄弟の機転のおかげだ。

鷹場がこうしてほしいと思う動きを、必ずやってくれる。

さすがは、関西最大手の広域組織――仁龍会が推薦《すいせん》するヒットマンなだけはある。

芸人の真似、アニメヒーローの真似、実況アナウンサーの真似……そして今回の幼稚園児らしき幼子と先生の件。

ふたりには、なにか狙いがあるのかもしれないし、ただ、悪ふざけしているだけかもしれない。

どちらでもよかった。

狂人だろうが変態だろうが、マルキド兄弟の働きで鷹場は赤迫に最高の屈辱を与えることができたのだ。

「やだやだ、あの色の白いお兄ちゃんばかりズルい！　僕も、アイスキャンディ食べたい！」

梨本弟が、駄々《だだ》をこねた。

「もう、しようがないわね。じゃあ、先生とシリトリして、勝ったらアイスキャンディを食べさせてあげるわ。でも、先生が勝ったら諦めるのよ」

「はーい！ じゃあ、僕から行くよ！ シーリートーリー！」

「リンゴ！」

「ゴーリーラー！」

「ラクダ！」

「ダー、ダー、ダー……」

梨本弟が、答えに詰まった。

素朴な疑問——梨本弟が勝ったら、自分のペニスをくわえるつもりか？

それはごめんだ。

赤迫にフェラチオさせて興奮するのは、鷹場がホモだからではない。

嫌がっている相手に嫌がっている物事を無理矢理やらせる……このシチュエーションに興奮するのであり、男にペニスを舐められてではない。

自《みず》ら進んでフェラチオを賭けたゲームを始めたマルキド兄弟などに、絶対に舐めさせたくなかった。

「ほら、大きな鳥がいるじゃない」

梨本兄が、助け舟を出した。

兄は弟にフェラチオさせるつもりなのか？

「あ、ダチョウ！」

「ウキブクロ！」

「ロ、ロ、ロ……」

ふたたび、梨本弟が詰まった。

鷹場がマルキド兄弟を気にしている間も、赤迫は懸命に舌を使い、頬を窄《すぼ》めていた。

ホモマッチョの悶え苦しむ動きが、かなり弱々しくなっていた。

食いちぎられたペニスから垂れ流れる出血の量は夥《おびただ》しく、失血死の瞬間が刻一刻と近づいていた。

早く鷹場をイカせて救急車を呼ばなくては、「最愛の恋人」と永遠の別れになってしまうのだ。

額《ひたい》に汗の玉を浮かせ、うどんを啜《すす》るような唾液と吸引の音をさせる赤迫――鷹場源治の自慢の隠し子のあまりに屈辱的で恥辱的な姿に、鷹場の快楽は高まった。

この調子なら、ホモマッチョが事切れる前に絶頂に達してしまうかもしれない。

「ほら、火がつくものがあるでしょ」

また、梨本兄がヒントを出した。

「あ、ローソク！」

「クリトリス！」

「スキー！」

「キンタマ！」

「マ、マ、マ……」

「ほら、女の人のアソコは、なんて言うんだっけ？」

「そ……そんなこと、言えないよ……」

梨本弟が、しどろもどろになった。

「言わないと、もうお遊びしてあげないよ」

「わかった！　マンコ……」

「コラーゲン……あっ……」

梨本兄が、唇を手で塞《ふさ》いだ。

「わーいっ、僕の勝ちだ！　アイスキャンディペロペロしていいって、約束だよ!?」

梨本弟が、ピョンピョンと飛び跳ねながら喜んだ。

「しようがないな。でも、鷹場さんのアイスはもう舐めてる人がいるから、赤迫さんのアイスにしなさい」

「え!?」

梨本兄が弟にかけた言葉に反応した赤迫が、鷹場のペニスから唇を離した。

「勝手にやめるんじゃねえ!」

「でも、僕があいつらにそんなことされるなんて……」

「どうでもいいけどよ、俺をイカせて救急車呼ぶのが最優先じゃねえのか? お? ホモの旦那、動きがかなり弱々しくなってきたぜ?」

鷹場が加虐的に言いながらホモマッチョを顎《あご》でしゃくると、赤迫はフェラチオを再開した。

「アイス、アイス、アイス、アイス!」

梨本弟が、はしゃぎつつ赤迫に近寄るとズボンのファスナーを下ろし、ペニスを引っ張り出した。

ペニスは萎《な》えていたが、優男《やさおとこ》然とした印象と裏腹に、カリ首がシイタケさながらにでかかった。

「今度……動きを……中断したら……恋人に……止《とど》めを刺すからよ……」

高まるオルガスムスの波に声を上ずらせた鷹場は、銃口を気息奄々《きそくえんえん》の体で倒れるホモマッチョに向けた。

梨本兄は、赤迫の脳天に拳銃を突きつけていた。

「いっただきまーす！」

梨本弟が、赤迫のカリ首にしゃぶりついた。

瞬間、眉間《みけん》に皺《しわ》を寄せた赤迫の表情が、鷹場をより興奮させた。

「うむうふぅ……」

梨本弟のディープスロートに、ペニスを頬張《ほおば》る赤迫の口から呻《うめ》きとも喘ぎとも取れる声が漏れた。

「いい感じだ……フィニッシュしそうだ……もっと……激しく吸って……速く動かすんだ……」

鷹場をフェラチオする赤迫。その赤迫をフェラチオする梨本弟――異様な光景に燃えた鷹場の骨盤から背筋にかけて甘い電流が這《は》い上がってきた。

「おぉうふ……うめえぞ……そう……そうだ……もっと速く……うむふぅん……速くだ……」

赤迫の顔の前後するピッチが上がった――甘美なる電流が延髄《えんずい》を突き抜け脳みそに

広がった。

同時に、亀頭を甘い衝撃が貫いた。

「んぁっふぅ！」

鷹場の法悦《ほうえつ》のよがり声とともに、陰茎を物凄いスピードで精液が駆け抜けた——素早くペニスを引き抜き、夥《おびただ》しい量の液体を赤迫の顔面に放出した。

「た〜まや〜！」

梨本弟が、フェラチオを中断して顔中が精液塗《まみ》れになった赤迫に向かってかけ声をかけた。

「お掃除……フェラをしろや……」

慌てて顔を拭《ぬぐ》おうとする赤迫の頭を左手で押さえつけ、鷹場は命じた。

「いい加減に……」

反論しかけた赤迫だったが、ホモマッチョに照準を合わせた鷹場の右手の先の拳銃をみると従順になった。

噎《む》せながら精液の残滓《ざんし》を吸い取る赤迫の口の中で、鷹場のペニスが波打っていた。

「終わった……早く、救急車を呼んでくれ！」

ペニスから口を離した赤迫は、白濁した液体をコンクリート床に吐き捨てながら叫

んだ。

「いやなこった」

鷹場は、ズボンとトランクスを引き上げ、もはや虫の息のホモマッチョのほうに歩いた。

失血死寸前のその顔は、月明かりを受けたように蒼白になっていた。

「約束しただろう!?　破る気か!?」

首を擡《もた》げて気色ばむ赤迫は、刺激されて怒ったコブラのようだった。

「おめえ、まさか、本当に俺が約束を守ると思ったのか？　お？　俺のことを親の仇と憎んでいるおめえに屈辱を与えたかっただけだ。お？　どういう気分だ？　長年憎んで憎んで憎み続けてきた最低の男のちんぽをしゃぶらされて顔シャされた気分はよ？　お？」

からかうように言うと、鷹場は腹を抱《かか》えて笑った。

「き、貴様……許さない……絶対に……許さな……」

恥辱に打ち震える赤迫の声を、撃発音が掻《か》き消した。

心臓を銃弾に貫かれた瀕死のホモマッチョの身体がバウンドした。

「ク、クリス……」

凍てついた顔の赤迫が、干涸《ひから》びた声を漏らした。

「お坊っちゃんよ、ひとつ、教えといてやるぜ。『溝鼠』の辞書にはよ、『約束』と『正義』って文字はねえってことをな」

鷹場は、固まっている赤迫を嘲《あざけ》りの視線で見下ろした。

——俺の中ではよ、「約束」と「裏切り」は同じ意味だ。

目の前で茫然自失となる赤迫に、源治を暗い眼でみつめる十二歳の自分の姿が重なった。

庭の草毟りをしたら五百円をくれるという約束を破ったときに、源治が悪びれるふうもなく言ったセリフが脳裏に蘇《よみがえ》った。

——ひどいよ……一生懸命にやったのに……。

怒りと悔しさで、涙が頬を濡らした。

当時の鷹場一家は古い借家暮らしで、庭は大人の脛《すね》くらいの背丈の雑草が伸び放題

だった。

大人の脛の背丈ということは、小学六年生の鷹場の膝《ひざ》くらいまであり、猫の額ほどの狭い庭だったが、それでもすべてを毟《むし》り取るまで五時間近くかかった。

しかも、夏だったので、草を毟っていると、クモ、ゴキブリ、ナメクジ、ミミズ、ムカデなどが飛び出してきて、そのたびに心臓が止まりそうになった。

それでも鷹場は、我慢した。

買いたい物があり、どうしても五百円が必要だったのだ。


——おめえ、父ちゃんが五百円を本当にやると思ったのか？　お？　仕事仲間にもよ、数十年の間にただの一度も百円の缶ジュースを奢《おご》ったこともねえ。父ちゃんにとって、誰かに金をやるってことはよ、内臓を引きちぎられるのと同じくれえの苦痛を感じる。なのによ、おめえみたいな小学生のクソガキに五百円もの大金をやるわきゃねえだろうが？　お？　何年父ちゃんと暮らしてんだ、おめえは？　そのくれえのこともわからねえのか？　お？　おめえ、ここ、大丈夫か？

源治が、己《おのれ》の頭を指差しながら挑発するように言った。

約束を破ったことを謝ったり言い訳をするならばまだしも、実の子供にたいして人権を蹂躙《じゅうりん》するような侮辱的な言葉を吐きかける源治……信じられなかった。

——だったら、なんで五百円くれるなんて言うんだよ！

——は？　はぁ？　はあ〜!?

源治が、人を小馬鹿にしたような耳に手を当てるポーズを取った。

——なんで、五百円くれるなんて言ったのか……だって？　おめえ、本当に本当に本当に馬鹿なのかぁ？　もしかしてよ、隣りの雑種犬より知能が低いんじゃねえのか？　お？　おめえのこの頭の中はよ、スカスカなのかぁ!?

とても愉しそうに笑いながら、源治が鷹場の頭を乱暴に撫《な》でた。

——小遣いやるって言わなきゃよ、おめえが手を抜くからに決まってんだろうが？

鷹場は、屈辱と激憤に煮え滾《たぎ》る瞳で源治を睨《にら》みつけた。

——なんだぁ？　その眼はよ？　なんか、文句でもあんのか？　あ？　そんな反抗的な態度を取られちゃ、仕方がねえな。今日はやるつもりはなかったけどよ、「お仕置き」だ。

言うと、源治は弾む足取りでキッチンに行き、果物ナイフとタバスコを手に戻ってきた。

——草鞋りしたのに「お仕置き」なんて……。

——口ごたえしねえで、手を出せ！　死にたくなかったら、動くんじゃねえぞっ。

源治は鬼の形相《ぎょうそう》で鷹場の手首を摑《つか》み、果物ナイフで何ヶ所か軽く切りつけた。

すかさず源治は、血が滲み薄《うっす》らと開いた傷口にタバスコをふりかけ始めた。

傷口に熱湯をかけられたような……数千本の針を打たれたような激痛に鷹場は悲鳴

を上げた。

――なぁ～に女みてえな声だしてんだ？　お？　痛いか？　沁《し》みるか？　お？　父ちゃんを恨むんじゃねえぞ。おめえが親にたいして反抗的な態度を取ったからよ、物の善悪を教えてやってるんだ。恨むどころか、父ちゃんに感謝しねえとな。

記憶の中の源治の高笑いが、鼓膜からフェードアウトした。

正面――殺意のいろを宿した瞳で睨みつけてくる赤迫に鷹場は、「あの頃の自分」をみた。

13

阿鼻叫喚《あびきょうかん》が繰り広げられていた地下室を出た鷹場は、ビルの外へ出ると大きく伸びをした。

何時間ぶりに外に出ただろうか？

ホモマッチョ達の血の匂《にお》いと鷹場の精液の匂いが籠《こ》もっていた地下室に比べれば、

薄汚い裏路地の空気さえ澄んで感じられた。

すっかり陽は暮れ、遠くから酔客の大声やホステスらしき女の笑い声が風に乗って聞こえてきた。

鷹場は、背中を丸め地面に視線を巡らせた。

ペシャンコに潰れた空き缶、吐き捨てられたガム、ペットボトルのキャップ……視線を止めた鷹場は腰を屈《かが》め煙草の吸殻《すいがら》を拾った。

折れ曲がっている紙巻を伸ばし口にくわえると火をつけた。

根もと特有のいがらっぽい紫煙《しえん》を肺奥に吸い込む鷹場は、満足げに唇の端を吊り上げた。

――四の五の言ってんじゃねえ。とにかくよ、俺のちんぽしゃぶって恋人を助けるか、拒絶して恋人殺すか……どっちにするんだ、お？

鷹場が提示した究極の二者択一に、赤迫はフェラチオすることを決意した。

尊敬する父の仇――殺してやろうと思っていた男のペニスを舐めさせられた赤迫の屈辱を考えると愉快極まりなかった。

しかも、最後は顔面に精液をかけられた上に、約束を破られて恋人を撃ち殺された。

赤迫が受けた心の傷は計り知れないものに違いなかった。

屈辱などという生易《なまやさ》しい言葉では表現できはしない。

精神的に弱い人間なら、心が壊れ廃人になっても不思議ではなかった。

鷹場が地下室を出るときの赤迫は、最愛の恋人の屍《しかばね》を前に精子塗《まみ》れの顔を歪《ゆが》めて泣きじゃくっていた。


——殺してやるっ、貴様っ、絶対に殺してやる！


そして赤迫は、常に冷静で言葉遣いのいい彼とは思えないような、荒々しく乱暴な口調で喚《わめ》き立てていた。

負け犬の遠吠え、とは思わなかった。

鷹場は、たとえ瀕死《ひんし》の状態の敵であっても、完全に事切れるまで気は抜かなかった。

ゴキブリを殺すときは、スリッパで何十回も叩き足がバラバラにちぎれて潰れてペシャンコになっても生き返ることを警戒し、熱湯をかけて止めを刺す。

ATMで金を下ろしたときは襲撃を警戒し、催涙スプレーやスタンガンを懐《ふところ》に忍

ばせている。

どんでん返しは、二流小説や陳腐な映画の中だけで十分だ。

生半可《なまはんか》に腕に自信があったり、頭がいい人間にかぎって足を掬《すく》われる。

鷹場は、己というものをよく知っている。

学歴もなく喧嘩も弱い自分が生き延びるには、用心深く、狡賢《ずるがしこ》く立ち回るしかなかった。


生き残るために源治は、卑怯になることの重要さを教えてくれた。

生き残るために源治は、情を持つことの愚かさを教えてくれた。

生き残るために源治は、悪魔になることの必要性を教えてくれた。


――英一よ、おめえがふたつのおにぎりを持ってたとする。そこへ、もう何日も飯を食ってねえホームレスが食べ物を少しわけてほしいと現われたとする。おめえは、どうする？

小学校一年の鷹場に、源治は訊ねてきた。

——一個、おじちゃんにあげるよ。

——ほう、そりゃあ、どうしてだ？

——だって、おじちゃんお腹減っててかわいそうだし、なにも食べないと死んじゃうから。

——馬鹿たれが！

源治が突然怒声を上げ、鷹場の頬を抓《つね》り上げた。

——お腹が減っててかわいそうだと？　お？　なにも食べないと死んじゃうだと？　お？　そんなホームレスにゃ、米粒ひとつやることはねえっ。それで死ぬなら、くたばりゃいいだろうが？　なんの役にも立たねえゴミムシみてえな人間にどうして大事な食料をあげなきゃなんねえんだ？　お？

源治は鷹場の頬を抓り続けたまま、ねちねちとした質問責めを浴びせてきた。

――死んじゃうの……かわいそうだよ……それに……おにぎりをひとつあげても僕にはまだひとつあるから……。

鷹場は、激痛を堪《こら》えながら同じことを言い続けた。

たとえ話でも受け流さずムキになるのは、純粋な少年の証だった。

――はぁ～!?　馬鹿なこと言ってんじゃねえ！　そんなゴミムシはよ、死んだほうが世の中のためなんだよ。ただ生きててもよ、空気と水がもったいねえ。もしよ、腹空《す》かしてる奴の親が金持ちとかだったらよ、おにぎりくれて子供の命助けてやったんだから、礼くらいしたらどうなんだって恩着せてよ、たんまり金を毟《むし》り取ってやれるけどよ、ホームレスなんざ助けてやっても見返りがなんにもねえ。いいか？　英一。世の中、なにより大事なのはよ、愛情でも友情でもなく金だ。自分のかわいがってる犬コロがよ、車に撥《は》ねられて血ぃ流して倒れたら、おめえ、どうするよ？

相変わらず、源治の指先は鷹場の頬を抓《つね》ったままだった。

——お医者さんに……連れて行くよ……。

——そのお医者さんもよ、ただじゃ犬コロの怪我《けが》をなおしてはくれねえ。手術ってなりゃ、何十万って金がかかる。パパやママの愛情や友達の友情じゃよ、犬コロの命は救えねえ。愛してるだの好きだの言ったところで、だらだら流れてる犬コロの血ぃは止まらねえ。おお～愛するワンちゃん！　血が出てかわいそう、できることなら私が代わってあげたいわっていくら言ったところでよ、犬コロはだんだん元気がなくなりくたばっちまう。でもよ、俺は動物大嫌いで死んでも構わねえけど、なにか恩返しするっていうんなら犬コロの手術代を出してやってもいいっていう人間のほうがよ、かわいいワン公を助けてやれるんだ。わかるか？　お？　愛より金、友情より金、正義より金、誠実より金だ。金より大切なものなんてよ、この世にゃねえんだ。英一。神様ってのはな、金のことだ。よく、覚えておけや。

毎日、源治に金の重要性を説かれた。

いかに金が偉大か……金こそすべてを支配するということを、日に何度も、ことあるごとに唱え続けられた鷹場は、小学校高学年になる頃には立派な金の亡者となっていた。

源治が教えてくれたのは、それだけではなかった。

──おっさん、俺が先に並んでたんだよっ。横入りすんじゃねえぞ、こら！

鷹場が小学生の低学年の頃、源治に連れられて開店前のパチンコ屋に並んでいるときだった。

大学生と思《おぼ》しき若い男が、源治に因縁をつけてきた。

だが、先に並んでいたのは源治で、横入りしたのは若い男のほうだった。

いつも怖い源治のことだ。

難癖をつけてきた若い男はこっぴどく叱《しか》られるだろう……もしかしたなら源治に殴られるかもしれないとドキドキしていた鷹場は、次の瞬間、我が眼を疑った。

──許してください……横入りして、すみませんでした！

信じられないことに源治は、若い男の足もとに土下座して許しを乞うた。

――いい年して土下座なんて、みっともねえな。
若い男はケラケラと笑いながら、源治の頭を踏みつけた。
――もう二度としませんから、許してください！
――わかったわかった、うざいから、消えろよ。
――ありがとうございます……。
源治は、へこへこと頭を下げ諂《へつら》いながら、鷹場の手を引き列から離れた。
並んでいる客達の好奇と嘲笑の視線が、鷹場の全身に突き刺さった。
恥ずかしかった。
情けなかった。
ショックだった。
強いはずの父の……鬼のように怖い父のこんな姿は、みたくはなかった。
――父ちゃん……どうして……やっつけなかったの？　横入りしてきたの、あいつだ

よ？

家に帰る道すがら、鷹場は恐る恐る源治に訊ねた。

——作戦に決まってるじゃねえか。一対一の喧嘩じゃ勝てねえ。勝ったところで、怪我をするかもしれねえ。土下座でもすればよ、頭のいかれた奴じゃねえかぎり暴力を振るってはこねえからな。

——でも……頭とか踏まれてさ……みんなの前で、かっこ悪いよ……。

思い切って、鷹場は口にした。

——馬鹿野郎が！　よく、聞けや！

源治が、鷹場の髪の毛を鷲摑《わしづか》みにし、顔を近づけてきた。

——かっこ悪かろうが、生き延びるほうが大事なんだよっ。おおっ！　かっこよく相

手を殴り倒してよ、隠し持ってたナイフで逆襲されて刺されたら、どうするんだ？　お？　アニメヒーローみてえに悪党をやっつけてもよ、腹引き裂かれて内臓ぶちまけて死んだらおしまいだろうが？　お？　生きてなきゃよ、屁もできねえし飯《めし》も食えねえしテレビも観れねえし、なんにもできねえんだよ。どんなに強くても、勇気があっても、死んだらそれまでだ。「溝鼠」みてえによ、嫌悪され、嘲笑《ちょうしょう》され、軽蔑されてもよ、生き延びたもん勝ちなんだよ。

指先を焦《こ》がす穂先の火が、鷹場を現実に引き戻した。

鷹場はフィルターだけになった煙草の吸い差しを弾《はじ》き飛ばし、スナックの軒先に放置されていたビールケースに腰を下ろした。

赤迫をどうするかに、思惟《しい》を巡らせた。

最終的には殺す……それは決まっている。

問題は、その方法だ。

腹違いの弟。

源治のＤＮＡを受け継ぐ男。

自分を殺そうとした男。

あっさりと殺すには、もったいなさ過ぎる。

死なない程度に腹を引き裂き地下室に放置し、数百匹のムカデを解き放つ。
十指を切り落とした両手を、ピラニアのうようよいる水槽に浸《つ》けさせる。
凶暴な数匹のピットブルテリアを地下室に解放する。
数リットルのタバスコを浣腸する。
ヤカン一杯の熱湯を一気飲みさせる。

魅力的な拷問を考えているだけで、鷹場のペニスは熱く猛《たけ》った。
過去に、数え切れないほどの敵と戦ってきた。
どの敵も、鷹場を怯《おび》えさせ、興奮させた。
その中でも、赤迫は特別だった。
赤迫を虐《しいた》げる快感は、いままでの敵の比ではない。
だが、一番手強いというわけではない。
源治、大神会、大黒……過去の敵達に比べれば、赤迫はまだまだ物足りない。
あれですべてを出しているのか？

それとも、なにかとんでもない秘策でも隠し持っているのか？

思考を止めた——机上《きじょう》の空論より、実戦あるのみだ。

鷹場はファスナーを開け、屹立したペニスを引き摺《ず》りだした。

地下室に戻れば刺激だらけだ。

「おかず」に会う前に、一発抜いておくつもりだった。

路地裏で人通りが少ないとはいえ、いつ、誰にみられるかわからないスリルも鷹場の興奮に拍車をかけた。

背骨に硬いものを押しつけられた。

「噂通りの変態野郎だな」

背後からした声に、全身が粟立《あわだ》った。

「そのまま、バンザイの格好をしてゆっくり立ち上がれや」

言われた通り、鷹場はバンザイをして腰を上げた。

これは、幻聴なのか？

いま、自分に恐らく拳銃を突きつけている男の声は、鷹場が忘れたくても忘れられない声だった。

「おめえ、いったい……」

後頭部に衝撃――視界に、闇が広がった。

☆　☆

息苦しさに、眼を開けた。
歪《ゆが》む景色――眼に、鼻に、口に、物凄い勢いで水が入った。
「うふぁ……ごふぁ……」
息ができなかった。
逃げようにも、身動きが取れない。
意識が遠くなりそうになった瞬間、水が止まった。
「薄汚ねえおめえも、ちっとはきれいになっただろう」
また、あの声だ。
ふたたび、鷹場の表皮に鳥肌が立った。
咳《せ》き込みながら、鷹場は眼を開けた。
首を巡らせると、薄暗くひんやりとした空間が広がっていた。
鷹場は、鉄柱に縛りつけられていた。
「おめえが昔、宝田組と争った世田谷の倉庫だ。あのとき焼けちまって、ここはその

あとに建ったものだがな」

約十メートル前——ホースを手にした男の人影が歩み寄ってきた。

離れた距離では薄闇にぼんやりしていた男の顔が、次第にはっきりしてきた。

「お、おめえは！」

男の顔を認めた鷹場の大声が、倉庫に響き渡った。

「びっくりしただろうよ」

男が、ヤニで黄ばんだ歯を剝《む》き出しに笑った。

薄くなった頭頂、汚水のように濁《にご》った眼球、ひしゃげた鼻——鷹場は、我が眼を疑った。

心臓が胸壁を突き破り、眼球が飛び出してしまいそうな驚愕に鷹場は襲われた。

いま、目の前にいるのは……。

「会いたかったぜ。英一よ」

これは、夢……悪夢に決まってる。

悪魔は死んだ。

七年前にこの場所で……。

——おめえなんぞに、殺されてたまるかっ。俺は絶対に、絶対に、絶対に、生き残るっ。死ぬのは、おめえだっ！

カッと見開かれた眼、充血に、ボウフラが涌《わ》いたように赤く罅《ひび》割れる白目、射精寸前の亀頭のように赤黒く怒張する顔面。

組み敷かれた源治は下から、初老の男とは思えないような物凄い力で鷹場の手首を摑んでいた。

——てめえは、死ぬんだよっ！

鷹場は絶叫し、源治のがら空きの鼻に頭突きを食らわせた。

源治の前歯で鷹場は額《ひたい》を切ったが、構わず頭突きを乱打した。

鷹場が頭を振り下ろすたびに、ゴツン、ゴツン、という鈍い音と、グチャッ、グチャッという湿った音が倉庫に響いた。

源治は、潰れた鼻から骨が飛び出ても、唇が折れた歯でズタズタに裂けても、まだ、トカレフを握り締めた鷹場の手を摑んだまま離さなかった。

必死になるのも、無理はない。
源治が鷹場の手を離した瞬間に、鉛弾を撃ち込まれてしまうのだから……。
——死なねえ……死んで……たまる……か……。か、金は……どこだ……？
トマトジュースを噴出するように吐血しながらも、源治は金の在《あ》り処《か》を訊ねてきた。
——しつっけえ野郎だっ！
鷹場は、源治の顔面に滅多無尽に頭突きを打ち込んだ。
五発、六発、七発……。
脳みそが頭蓋内でシェイクし、脳漿《のうしょう》が波打ち、脳髄が痺《しび》れた。
十八発、十九発、二十発……。
頭突きを、打ち込み続けた。
三十発を超えたところで、視界が螺旋状《らせんじょう》にうねり、視線が漂流した。

――英一っ、しっかりして！

朦朧《もうろう》とした意識――愛する姉……澪《みお》の絶叫で現実に引き戻された。

霧がかかったような白っぽい視界が徐々にクリアになり、源治の顔が浮き上がってきた。

すり鉢状態に陥没した顔の中央に引き込まれる、両目と鼻と口。

信じられないことに、無数に浴びた頭突きで顔面崩壊しながらも源治は、鷹場のトカレフを持つ右腕を押し戻そうとしている。

――死な……ねえ……俺は……死な……ね……え……。くぁ、くぁ、金《くぁね》は……ど……こだ……？

潰れた眼窩の奥でギラつく瞳が、鷹場を睨《ね》めつけてきた。

常軌を逸した源治の生と金への執着心に、鷹場の背筋には悪寒が広がり、脳みそが粟立った。

底なしの恐怖が、微《かす》かに残っていた鷹場の理性を焼き払った。

――た、頼むから、頼むからぁっ、死んでくれぇーっ!!

鷹場は、ありったけの力を右腕に総動員した。
源治の腕力が弱まり、まっすぐに伸びていた腕が、次第にくの字に曲がっていった。
気息奄々《きそくえんえん》の上腕三頭筋に活を入れた。
嚙《か》み締めた奥歯が砕け散った。
滴《したた》り落ちる大量の汗が、陥没した源治の顔の窪《くぼ》みに水溜りを作った。

――どぅわぁーっ!

絶叫とともに、鷹場は上半身の体重を右腕に乗せた。
源治の腕が、九十度に曲がった。
トカレフの銃口が、前歯を折りながら源治の口内に侵入した。
二十七年間夢みてきた瞬間が、現実になるときがきた。

――死ねっ、死ねっ、死ねっ、死ねっ、死ねっ、死ねぇーっ!!
獣の咆哮《ほうこう》――狂ったように、引き金を引いた。
耳を聾《ろう》する銃声――口の中から、脳を貫く銃弾。
頭蓋骨が砕け、ドライバーズシートに脳みそが撒《ま》き散らされ、フロントウインドウには眼球がへばりついた。

――死ねっ、死ねっ、死ねっ、死ねっ、死ねっ！　くそ野郎っ!!


鬱積《うっせき》した憎悪が、既《すで》に事切れている源治に向けて引き金を絞り続けさせた。

口の中に無数に浴びせた弾丸で、陥没した顔が内側から爆裂してイソギンチャクさながらに開いた。

空を叩くスライド――弾切れ。

我を取り戻した鷹場は、口から唾液と血液に濡れたトカレフの銃身を引き抜くと、原形を留《とど》めない顔に唾《つば》を吐き、源治を車外に蹴り落とした。

「幻だと思ってんのか？　残念ながら、俺は現実だ」

男……源治の声で鷹場は、忌《い》まわし過ぎる記憶の旅を終えた。

「おめえは、死んだはずだ……俺が、この手で殺した」

「兄貴を知ってる奴は、初めて俺と会ったら、どいつもこいつも驚きやがる。馬鹿みてえなツラしてよ」

「兄貴……おめえ、あいつの弟なのか!?」

鷹場は、裏返った声で訊ねた。

「ああ、俺と源治は一卵性双生児ってわけだ。俺は、鷹場源三ってもんだ。兄貴より、いい男だろうが？　お？」

源三が、卑しい顔で笑った。

笑ったときの卑猥な表情や独特の言葉遣いなど、表情だけでなく源三は源治に瓜《うり》ふたつだった。

鷹場は、己が囚《とら》われている桎梏《しっこく》の状況にもかかわらず、マジマジと源三の顔を凝視《ぎょうし》した。

それにしても、似ている。

これだけ近くでつぶさに観察しても、似てない部分が皆無だ。

顔だけでなく、声も節回しもまったく同じだった。

「兄貴とはよ、二十歳の頃に喧嘩別れしたっきりでな。でもよ、親戚筋やらの話で、おめえの噂は聞いていたぜ。兄貴そっくりの悪魔みてえなガキがいるってな」

源三が、拾ってきたのだろうよれよれのショートホープをくわえ、使い捨てライターで火をつけた。

「おめえの目的は？」

鷹場は、問いかけながら、頭の中を目まぐるしく回転させた。

恐らく源三は、赤迫と組んでいるに違いない。

そう考えれば、自分の居場所を知っていたのも納得できる。

赤迫は父の仇として……源三は兄の仇として、鷹場英一という共通の敵を倒すまで呉越同舟を決めたのだろう。

太いロープで鉄柱にグルグル巻きに固定された状態では、逃げるどころか身動きさえ満足にできない。

だが、赤迫がマルキド兄弟に囚われているので、源三も自分に迂闊《うかつ》に手出しはできないはずだ。

ただし、源三にとって赤迫がどこまで利用価値があるかにもよる。

源三が、甥《おい》というだけで赤迫救出に動いたとは思えない。

他人のためにはゲップさえ出したくないという究極の自己中心男の源治と一卵性なのだから、損得勘定でしか赤迫のことをみていないはずだ。

「俺の目的？　兄貴の仇討ちに決まってるだろうがよ」

「嘘を吐くんじゃねえ。おめえが、あんな男のために危険な真似を冒《おか》すわきゃねえだろうが？　お？　あいつはよ、ヤクザから金を奪うためによ、てめえの娘と息子を殺そうとしたような鬼畜だぜ？　おめえも双子なら、あの鬼畜と同じ血が流れてるはずだ」

鷹場は、源三の表情から心を読み取ろうと試《こころ》みた。

この男の真の目的がわかれば、利用できるかもしれない。

鷹場英二と組んだほうが金になると踏めば、兄の仇討ちなどという見え透いた奇麗《きれい》事《ごと》を口にしないはずだ。

「金のために我が子を利用し、殺そうとした父親か。たしかに、ひとでなしの鬼畜だな。だがよ、世界中でおめえだけは、兄貴を軽蔑しちゃいけねえ……いや、軽蔑する権利がねえ」

水が滴《したた》るホースを振り回しつつ、源三が意味ありげに言った。

「どういう意味だ？」

源治を軽蔑する権利云々に、興味はなかった。

時間稼ぎ——打開策を考える時間が必要だった。

「わからねえのか？　おめえは、この場所で、ヤクザの金を奪うために、てめえの命を守るために、父親だけじゃなく、姉貴も見殺しにしたんだ。肉親としてじゃなく、ひとりの女として愛した姉貴をな」

「おめえ……どうして、それを……？」

今度は、時間稼ぎの問いかけではない。

人生で唯一、思い出したら心が痛む自分の行為……。

復讐代行屋として、過去に数え切れないほどの悪魔の所業を繰り返してきた。

ある任務では、ターゲットであるモデルの顔を切り刻みレイプし小便をひっかけて丸刈りにした。

ある任務では、ターゲットであるサラリーマンの妻と娘をレイプして彼の会社に妻子が全裸でバックから交互に突きまくられている写真を会社にバラまいた。

ある任務では、ターゲットである小学校教員の寝たきりの母親の陰部に無理矢理バイブレーターを捩《ね》じ込み、口の中にペニスを押し入れて抜き差しする様を撮影したビ

デオを勤務先の学校に送りつけた。

ある任務では、ターゲットであるOLを縛りつけ、彼女の飼っているチワワをアクリルケースに閉じ込め、その中に南米の三十センチのオオムカデを入れて戦わせ、毒牙で殺され捕食される一部始終をみせつけた。

ある任務では、ターゲットである老人を拘束し、溺愛している十歳の孫の少女に彼のペニスをフェラチオさせた。

その上、老人の目の前で、孫の少女をアナルファックでレイプした。

ある任務では、ターゲットであるフランス料理店オーナーが持つ三店舗それぞれに、ゴキブリ五千匹、ミミズ一万匹、蛆虫《うじむし》二万匹を解き放った。

ある任務では、ターゲットであるAV男優を拉致し、商売道具のペニスを金槌で滅多打ちにして二度と勃起しないように不能にした。

どのターゲットも初対面であり、もちろん、恨みはない。

数百万からの金さえ払ってくれれば、鷹場は、誰の依頼であろうと誰がターゲットであろうと躊躇《ちゅうちょ》なく任務を引き受けた。

罪悪感も良心の呵責《かしゃく》も感じたことはない。

ある人間は、鷹場英一をひとでなしと言った。

ある人間は、鷹場英一を倒錯者と言った。

ある人間は、鷹場英一を異常者と言った。

ある人間は、鷹場英一を鬼畜と言った。

ある人間は、鷹場英一を悪魔と言った。


否定はしない。

鷹場にとって、嫌悪、畏怖、軽蔑の感情を向けられるのは、むしろ、褒《ほ》め言葉だった。


そういう人間達に問いたい。

鴨《かも》が矢で刺されたと眼の色を変えて犯人を探し、口角沫《こうかくあわ》を飛ばして非道だ無道だと糾弾《きゅうだん》している者達は、生まれてこのかた一度も鶏肉を食べたことがないのか？

鴨が矢で刺されるのは許せなくても、フォアグラにするために無理矢理に餌《えさ》を食わされ肥らされた鴨が、首を切り落とされ腹を裂かれて調理されるのは許せるのか？

矢を刺されるどころか殺された鴨から取り出された肝臓にソースをかけ、洒落《しゃれ》た服

に身を包んだカップルがワイングラス片手に舌鼓《したつづみ》を打つ……このカップルやシェフと、鴨に矢を刺した犯人の差は、いったい、どこにある？

ストレスで鴨を矢に刺すことがいけなくて、料理のためなら鴨を肥らせ殺して内臓を抜き取り食すことはいいなど、そんな都合のいい話は人間の勝手だ。

鴨からしたなら、矢を刺されるのも包丁で切られるのも、同じくらいに恐怖で苦痛を伴うものなのだ。

街中で殴り合い相手が意識不明になって死んだら殺人罪で逮捕され、ボクサーがリングで殴り合い相手を殺しても罪に問われないのは許されることなのか？

リングの上で人を殺しても罪に問われずに、アスファルトの上で殺したら牢屋に囚《とら》われる。

スポーツだから喧嘩だから、死んだ者達には関係ない。

スポーツだろうと喧嘩だろうと、死に逝《い》く者達の恐怖と苦痛、残された遺族の哀《かな》しみに違いはない。

日本をはじめとする多くの先進国では、重婚は罪になる。

重婚どころか、不倫さえも地位や名誉を奪われることもある。

だが、サウジアラビア、タンザニア、バングラデシュ、ミャンマー、ブルネイ、セ

ネガル、ナイジェリア、モロッコ、ケニア……これらの国では、一夫多妻制度が認められている。

重婚が罪悪ならば、神はどうして一夫多妻の国を作ったのか？

そう、重婚は罪悪などではない。

一夫多妻を認める認めないは、喫煙を推奨《すいしょう》していたと思えば国を挙げて禁煙運動を広めるのと同じ、そのときそのときの人間の都合に過ぎない。

人間の都合——戦争が起こり法律が定められるのは、道徳心や倫理観ではなく利害関係に左右される。

報酬を貰いターゲットに不幸を与える「復讐代行屋」と、なにも変わらないのだ。

数え切れないほどの凄惨《せいさん》な行為を犯してきても、鷹場の胸は少しも痛まない。

胸を痛めるどころか、地獄の底に叩き落とされたターゲット達の絶望の瞳をみていると激しく欲情し、勃起した。

ターゲット達の精神が壊れていくサマを「おかず」に、自慰行為に耽《ふけ》るのが日課だった。

だが、あのときだけは違った……あの人だけは……。

——澪《みお》っ、鷹場っ、てめえら、ぶち殺してやるっ！

世田谷の物流倉庫——段ボール箱に埋もれたメルセデスから降りてくる宝田の白髪のパンチパーマは鮮血で赤く染まっていた。

片足を引き摺《ず》り、修羅の形相《ぎょうそう》で鷹場の乗る車に歩み寄る宝田の右手には拳銃が握られていた。

——さっ、姉ちゃん、起きるんだっ。

車から飛び降りた鷹場は、源治の屍の傍《かたわ》らで腰を抜かしたようにへたり込む澪に手を差し延べた。

——だめっ、だめよっ。足が動かないっ！　足が動かないっ！

澪は、父親の凄惨な屍《しかばね》をみて錯乱していた。

澪を抱え上げサイドシートに乗せようとした鷹場は、宝田が闇雲《やみくも》に乱射してくる弾

丸をかわそうとしてバランスを崩した——源治の屍の上に、澪を落としてしまった。

復讐鬼と化した宝田との距離はおよそ五メートル。

鷹場は、ひとりで車のサイドシートに飛び乗った。

自分が死んだら、最愛の姉……最愛の女性、澪を救えない。

逃げたのではなく、車内に拳銃を取りに戻っただけだ。

——英一っ、英一ぃっ……はやく、はやくぅっ！

宝田が撃発する弾丸で窓ガラスが蜂《はち》の巣になったホーミーロングのサイドシートのステップに上半身を載せ、泣き喚《わめ》く澪。

鼻先を掠《かす》めた銃弾がドライバーズシートの背凭《せもた》れを抉《えぐ》るのを眼にして、死への恐怖と生への執着が肥大した。

この命に代えてでも、最愛の女性を守り抜く！

虚像のメッキが、ボロボロと剝《は》がれ落ちてゆく音が聞こえたような気がした。

――どけっ、どけっ！　どけっ!!

鷹場は半狂乱の体で叫びながら、澪の頭、顔面、肩を、蹴りまくった。

澪は頭を仰《の》け反《ぞ》らし鼻血だらけになりつつも、ステップにしがみついて離れなかった。

そうこうしている間に、宝田はどんどん距離を詰めてきている。

――英一っ、なに……するの？　それじゃ……お父さんと……同じ……じゃないっ!?　ね、お願い……正気を……取り戻して……。

涙ながらに懇願する澪の背後に迫りくる鬼神の如き表情の宝田。

もう、女子供でも外しようのない射程だった。

――うるせぇっ。どきやがれっ、どきやがれってんだっ！　野郎がきちまう……きち

まうよぉっ。死にたくねえっ、俺は、死にたくねえんだよっ!!

剝《む》き出しの本性――鷹場は見苦しく喚き散らし、澪の腫れ上がった眼、歪《いびつ》に曲がった鼻、折れた歯で血塗れの口を、えげつなく、容赦なく蹴りつけた。

――え……英一……。

ステップからゆらりと上半身を起こした澪の崩壊した顔を目がけて、鷹場は渾身の力を込めて両足で蹴飛ばした。

悲鳴を上げ後方に吹き飛ぶ澪を視界から消し、鷹場はドアを閉め車を発進させた。

金を手にするため……生き延びるために鷹場は、愛する女性を見殺しにした。

いや、見殺しではなく、自らの手を下し殺したも同然だ。

あのときの、澪の哀しみと軽蔑の入り交じった瞳が、七年経っても忘れられなかった。

「どうして、おめえ達のことを知ってるかって？　教えてやろうか？」

源三が、胸が気持ち悪くなるようないやな微笑みを浮かべた。

「宝田組から金をかっ剝《ば》ごうとしていたのは、兄貴やおめえだけじゃねえ。俺は、姪《めい》……澪をおめえや兄貴の懐《ふところ》に飛び込ませて、漁夫の利を得ようとした。もうちょいで、一億円からの大金を手にできるはずだった。俺のシナリオ通り、兄貴とおめえと宝田が三つ巴《どもえ》に潰し合い、すべてが順調に進んでいた。あとは、澪と恋の逃避行を気取るおめえを出し抜かせれば、完璧だった。だがよ、唯一の誤算はよ、おめえが、愛してやまないはずの姉貴を裏切り金を持って逃走したってことだ。本当に、たまげたぜ。でもよ、長年の夢叶《かな》って、ようやくおめえをゲットできた……神様に、感謝しねえとな」

源三の掠《かす》れた笑い声に、鷹場の全身の血液は瞬時に氷結した。

「おめえと姉ちゃんは端《はな》からグルで、俺と源治を出し抜こうとしてたっていうのか……？」

驚愕と怒りに震える声で、鷹場は訊ねた。

「イエ～ス、イティイ～ズ！」

恍惚《こうこつ》の表情で言うと、源三が股間に手を伸ばしズボンの膨らみを揉《も》みしだき始めた。

「でたらめを言ってんじゃねえ！　姉ちゃんは、くそ野郎の借金の形《かた》で宝田の情婦に

なった。おめえ、二十歳の頃にくそ野郎と喧嘩別れしたっきりって言ってたよな？　俺がそうだったように、姉ちゃんとも接触はなかったはずだ」

「ああ、俺のほうからはな。だがよ、ある日、兄貴の娘を名乗る若いべっぴんさんが俺を訪ねてきた。モデルと見違えるような飛び切りのいい女だった。名前を鷹場澪と言った。なんでも、親戚に聞き込んで回って俺にまで辿《たど》り着いたらしい。おめえがいま言ったように、宝田組というヤクザの組長の愛人になっていて、一刻も早く地獄の生活から抜け出したいって話を打ち明けられ、力になってくれねえかって言われた。だが、俺は警戒した。兄貴がなにかを企《たくら》んで、俺を嵌《は》めようとしてるんじゃねえかってな。だがよ、よくよく澪の話を聞いてると、いかに兄貴を憎み恐れているかが伝わってきてな。とにかく、宝田と源治のいない世界で新たな生活を送りたい。そのためには、海外への逃走資金が必要になる。宝田をうまく出し抜けば、一億以上の金を手にできる。そこで、兄貴と、自分に惚《ほ》れている弟……鷹場英一を利用しようってことになったってわけだ」

「そんな話、信じられねえな。おめえみたいな疑《うたぐ》り深い奴が、姉ちゃんがくそ野郎を恨んでいるってことを、復讐したいってことを、話だけで信じるわきゃねえだろが？　お？」

「ああ、俺は疑り深えから、話だけじゃ信用しねえ」

「だろうが？　なのに、なんで信用……」

「澪はよ、妊娠していたんだよ」

鷹場の言葉を遮《さえぎ》り、源三が衝撃的な真実を口にした。

「妊娠……た、宝田の子か？」

嫉妬で、胃がチリチリと焼けた。

「いいや。源治の子供を身籠《みご》もってたんだよ」

「なっ……」

鷹場は、絶句した。

愛して愛して愛し抜いた姉が、憎んで憎んで憎み抜いた父の子供を妊娠していた？

そんなことを、受け入れられるはずがなかった。

「お、おめえ、適当なでたらめ言ってると、どうなるかわかってんだろうな？」

鷹場は、押し殺した声で言った。

「適当でもでたらめでもねえ。兄貴は澪のまんこにちんぽをぶち込んだ。澪のまんこをクンニし、澪にちんぽをしゃぶらせた。一度や二度じゃねえらしい。何年にも亘《わた》って、毎晩のように犯されていたらしいぜ？　まあ、澪も感じてたんだろうけどよ」

源三が、卑しく口を歪《ゆが》め笑った。

「おめえ、たいがいに……」

鷹場の唇を、源三の掌《てのひら》が塞《ふさ》いだ。

「英一よ、おめえ、自分がいまどんな立場かわかってんのか？　鉄柱に縛りつけられたいまのおめえはよ、指を折られたピアニスト、声帯を潰された歌手、顔面崩壊したモデルと同じだ。つまり、無力ってことだ。いまのおめえなんざ、その気になりゃ幼稚園児にだって九十の婆《ばば》あにだって殺せるってことだ。チワワ一匹追い払うことができねえ。お？　どんな気分だ？」

言いながら、源三が鷹場の股間を鷲掴《わしづか》みにした。

「変態のおめえのことだ。こうやっていたぶられてるとよ、興奮するんだろ？　そのうち、勃起するんじゃねえのか？　ほらよ？　気持ちいいか？　お？」

鷹場の陰嚢《いんのう》を揉みしだく源三の声は上ずっていた。

興奮しているのは、源三のほうだった。

ひしゃげた鼻を膨らませ、発情期の犬のようにだらしなく口を開き、荒い息を吐いている。

もちろん、股間はパンパンに膨らんでいた。

血は争えない。

源三と源治は顔だけでなく、性癖もそっくりだった。

人のことは言えない。

自分もまた、源三の言うとおり屈折した欲望に下半身が支配されていた。

「おうおうおうおうおう、英一よ、どうして硬くなってんだ？　お？　憎悪する親父の双子の兄弟に捕まっていたぶられてるっていうのによ、ちんぽ勃《た》つのか？　おめえは、どうしようもねえド変態野郎だな」

源三は、今度は陰茎を上下にしごき始めた。

屈辱に、鷹場の快楽は増した。

憤激に、鷹場はオルガスムスの波に溺れた。

——おめえは、どうしようもねえド変態野郎だな。

恍惚に身を任せながら、鷹場は鼓膜に源三の声を蘇《よみがえ》らせていた。

間違いない。

いま、憎き男の掌の中で果てようとしている自分がいた。

甘く激しい電流が、鷹場の下半身から脊椎《せきつい》を駆け上った。

源三の指先が、ミミズのように鷹場のペニスに絡《から》みつく。

「気持ちいいか？　お？　ならよ、もっと気持ちよくしてやるよ！」

怒号とともに、源三の爪先《つまさき》が股間に食い込んだ。

快楽が、瞬時にして激痛に変わった。

「変態だから、痛いほど気持ちいいだろうが！」

源三が、鷹場の股間を何度も蹴り上げた。

身動きが取れないので、衝撃を逃すことができなかった。

撥《は》ね上がった睾丸が下腹に食い込んだ――凄まじい激痛に、額に冷や汗が噴き出した。

「おめえのせいで、一億取りっぱぐれたじゃねえか！」

憎々しげに叫ぶ源三の蹴り攻撃が続いた。

数々の袋叩きや拷問を受けてきた鷹場も、初めて経験する痛みだった。

七年前の出来事を、まるでいまのことのように怒りに打ち震える源三は、鷹場家に代々伝わる根深さを継承していた。

「おめえが余計なことをしなけりゃよ、いま頃俺は悠々自適の生活を送ってたのに

よ！」

　知るか、そんなこと！

　激痛に、声にならなかった。

「おめえのせいでよ、家賃二万五千円の風呂なし共同便所の安アパート暮らしになっちまった。朝、昼、晩の三食すべてが牛丼の並盛り、ビールは百三十円の発泡酒一本、銭湯代節約で風呂は三日に一度、せんずりするにもエロビデオのレンタル代もねえからゴミ箱漁《あさ》って捨てられた男性週刊誌を持ち帰る生活……おめえに、わかるか⁉　一億入ってたらよ、高級マンションに住んでよ、寿司や焼肉三昧《ざんまい》でよ、洒落たワインを呑んでよ、ジャグジー付のジェットバスに高級デリ嬢と一緒に入ってセックス漬けの日々よ。全部、おめえのせいで、台なしだ！　この、くそ野郎が！　くそ野郎が！　くそ野郎が！　くそ野郎が！　くそ野郎が！　くそ野郎が！　くそ野郎が！　くそ野郎が！　くそ野郎が！」

　源三が、狂ったように足で蹴り上げた。

　逃げることはもちろん、避けることも倒れることもできない。

痛みに耐え切れず、意識が遠のいてきた。

唐突に、全身の筋肉に激痛が走り、遠のきそうになった意識が一気に舞い戻った。

「気ぃ失って、楽しようなんざ甘《あめ》えんだよ」

源三が手に持った警棒タイプのスタンガンを宙に翳《かざ》し、サディスティックに口角を吊り上げた。

「おめえに復讐するのを胸に刻んで生きてきたのはよ、赤迫ばっかりじゃねえんだ。積年の恨み、晴らさせてもらうぜ」

ニヤニヤとしながら、源三は鷹場のファスナーを下ろした――萎縮したペニスを引き摺《ず》り出し、スタンガンを当てた。

「おめえ……赤迫が囚われてるのを……忘れてんじゃねえか……俺が……戻らねえと……若い衆が赤迫の命を奪うことになるぜ」

鷹場は、必死に平静を装い言った。

いやな予感はしていた。

その予感が当たらぬよう、鷹場は祈った。

「赤迫？　忘れてねえぜ。まあ、殺されるっつうんなら、それが野郎の運命だろうよ」

蹴り足を止めた源三が、涼しい顔で言った。

やはり、予感は当たった。

源三にとって赤迫は、私怨を晴らすための道具に過ぎなかったのだ。

「俺を……どうしてえんだ？」

訊ねながら、鷹場の思考はフル回転していた。

数々の修羅場を潜《くぐ》ってきた鷹場にとっても、この桎梏《しっこく》の状況は最大の危機だった。

柱に縛り付けられ、援軍も期待できない。

いま、源三がその気になれば自分のことを殺すのは簡単だ。

なんとかしなければ……。

ヤクザ、変質者、倒錯者……いままでも、絶体絶命の状況を切り抜けてきた。

人間が滅びても絶滅しないと言われる溝鼠のように、鷹場は生き延びてきた。

あるときは、鼻水を垂らし泣き落として許しを乞うた。

あるときは、土下座して額《ひたい》を地面に擦りつけ許しを乞うた。

あるときは、大金を差し出し許しを乞うた。

恥も外聞もなく、ひたすら、命乞いをした。

相手が油断した瞬間、不意打ちを食らわせ逆襲に転じた。

卑怯者にならないことより、死なないことのほうが重要だった。

九十九パーセント負けていても、最後に勝てばいい。

出し抜こうが欺《あざむ》こうが裏切ろうが、生き延びられればそれでよかった。

「決まってんだろうが？　おめえを苦しめていたぶって虐《しいた》げて精神的にも肉体的にもボロボロにしてから殺すんだよ」

源三が、将来の夢を語る少年のように瞳を輝かせて言った。

下半身が、熱を持ちズキズキと痛んだ。

陰嚢が、テニスボールサイズに腫れていた。

「こうやってよ！」

源三が、腫脹《しゅちょう》した陰嚢にスタンガンを押しつけ放電した。

鋭い痛みが、骨の髄《ずい》にまで走った。

鷹場はきつく眼を閉じ、歯を食い縛った。

「どうだ!?　金玉が破壊されてく気分はよ！」

執拗にスタンガンの放電を続ける源三。

二十秒、二十五秒……。

脳内が、白く染まった。

全身が麻痺《まひ》したように、感覚がなくなっていった。

「あーあー、きったねえなあ、おめえはよ！　眼を開けろや！」

源三の怒声——眼を開けた。

足もとが、糞尿塗《まみ》れになっていた。

電気ショックで、肛門が弛緩《しかん》したのだろう。

「おめえが汚したんだから、おめえが掃除しろや」

ニヤニヤとしながら、源三がティッシュペーパーで掬《すく》い上げた糞尿を鷹場の口の中に押し込んできた。

口内に、腐敗物特有の嘔吐感《おうとかん》を催す臭いが広がり横隔膜《おうかくまく》が痙攣《けいれん》した。

「おうえ……」

鷹場は、糞尿塗れのティッシュを吐き出した。

「誰が勝手に吐き出していいって言ったよ！」

源三の爪先が陰嚢を抉《えぐ》った。

「今度は、吐き出すんじゃねえぞ」

サディスティックに唇を歪《ゆが》め、源三は糞尿ティッシュをふたたび鷹場の口の中に詰め込んだ。

ティッシュから染み出した糞尿が喉《のど》の奥に流れ込み、伸縮した胃が口から飛び出し

そうになった。

14

「と……とりふぃき……ひねえか？」

糞尿塗れのティッシュを頬張らされた状態で、鷹場は切り出した。

なにはともあれ、窮地を脱するには状況を動かす必要があった。

「なんの取り引きだ？」

「いひぃおく……ほめえが、宝田からふばおうとひていたいひぃおく、ふぁらおうじゃねえか」

「つまり、一億で解放しろってか？」

源三の問いかけに、鷹場は頷《うなず》いた。

命より金が大事な自分が、一億どころか一万円もくれてやる気などなかった。

ただ、状況を打破するきっかけを作りたかった。

「そんなはした金でよ、せっかくの獲物を手放すわきゃねえだろうが」

源三が、鼻で笑った。

「いふぅらならいいんだ？」

「そうだなぁ……十億揃えるっつうんならよ、おめえを助けてやってもいいぜ」

腫《は》れぼったいひと重瞼《まぶた》の眼を三日月形に細め、欲深そうに笑う源三に鷹場の胃袋はちりちりと焼けた。

なんという強欲さだ。

一億でも棚から牡丹餅《ぼたもち》だというのに、十億を要求してくるとは……。

「……ひゅうおふふぁ、ふあんべん……」

「なに言ってるかわかんねえじゃねえか！　もう一度喋《しゃべ》れっ」

鷹場の口の中から糞尿ティッシュを取り出した源三が、いら立たしげに促《うなが》してきた。

「……十億あれば……勘弁してくれるのか？」

「十億きっちり耳揃えられるっつうんなら、命だけは助けてやってもいいぜ」

源三が、ひしゃげた鼻を得意げに膨らませて言った。

「二週間あれば、用意できる」

「だめだ。今日中だ」

にべもなく、源三が言った。

「そんなもん、無理に決まってるだろうが！」

大声を出した鷹場の腫れ上がった陰嚢がズキズキと痛んだ。

「いいや、無理じゃねえな」

即座に、源三が否定した。

「おめえ、頭がおかしいんじゃねえのか⁉　十億もの大金を、右から左に動かせるわけねえだろうが！」

陰嚢の激痛より、怒りが増した。

双子で源治と顔が似ているというだけでも腹が立つというのに、その男に拉致され、拷問を受け、その上、十億もの金を強請《ゆす》り取られようとしている。

形勢逆転した暁《あかつき》には、考えられるすべての知恵を絞り尽くして源三を拷問し、史上最高の苦痛を与えるつもりだった。

「おめえのこれまでやってきたことを考えると、十億くらいの貯《たくわ》えはあるはずだ。しかもおめえの人を信用しねえ性格から推理すると、銀行に預けることはしねえはずだ。つまり、十億の現金を箪笥《たんす》貯金してるってことだ。その場所によ、俺を連れて行けばいいだけの話だ」

源三が、シャーロック・ホームズか明智小五郎にでもなったとでもいうように、自信満々の表情で言った。

源三の推理は図星だった。

鷹場が人を欺《あざむ》き、精神的にも肉体的にも傷つけ、地獄に叩き落としながら貯めてきた金は十億ではおさまらない。

都内に十数軒のアパートを借り、数千万ずつ隠していた。

鷹場は、深呼吸し、失われそうになった平常心を取り戻した。

十億が百億だろうが、渡すつもりがないのだから同じだ。

ようは、源三から逃れる突破口を作る「餌《えさ》」なのだ。

「……わかった」

鷹場は、屈辱に唇を嚙《か》んでみせた。

失意の底に打ちひしがれているとでもいうように……。

15

手足を粘着テープで拘束された赤迫は、じめじめとしたコンクリート床に横たわり、無機質な瞳を数メートル先に転がる「肉塊」に向けていた。

「肉塊」は、クリスだった。

法悦のよがり声を上げた鷹場の夥《おびただ》しい量の精液を、赤迫は顔面に受けた。

死にたかった……いや、赤迫は精神的に死んだ。

幼い頃から、憎悪してきた。

敬愛する父、源治を殺したひとでなし――鷹場英一に仇を討つことだけを考え、生きてきた。

友人、恋人、趣味、スポーツ……すべてを、犠牲にしてきた。

いや、犠牲ではない。

自《みずか》ら進んで、そうしてきたのだ。

鷹場を探し出し復讐することに比べれば、ほかのどんなことも色褪《いろあ》せてみえた。

――お坊っちゃんよ、ひとつ、教えといてやるぜ。『溝鼠』の辞書にはよ、『約束』と『正義』って文字はねえってことをな。

忌《い》まわしい鷹場の声が、空虚な頭の中に響き渡った。

仇討ちが、聞いて呆《あき》れる。

襲撃したまではよかったが、逆襲にあい、囚《とら》われ、鷹場のペニスをしゃぶらされた

上に配下を皆殺しにされた。

身体の自由を奪われ、地下室に転がされ……このまま、虫けらのように殺されてしまうのか？

乾いた笑いが、唇を割って出た。

情けなさを通り過ぎ、おかしくなったのだ。

「午後六時三十分頃、都内の某地下室で、通称赤リンが、鷹場英一に拘束されました。赤迫は、フェラチオすれば恋人のホモ男を助けてやると迫られ、苦渋《くじゅう》の決断の末に鷹場のペニスをしゃぶりました」

唐突に、双子の弟――坊主頭を赤く染めたほうの男が、ニュース原稿を読むキャスターのような抑揚《よくよう》のない口調で喋《しゃべ》り始めた。

もともと持っていたのかそれとも演出なのか、眼鏡《めがね》までかける手の込みようだ。

「目撃者の話によれば、赤リンは、最初のうちこそ激しく抵抗していたようですが、腹を決めてからは、頰を窄《すぼ》め、巧みに舌を使い、初めてとは思えない高度なフェラテクで鷹場を絶頂へと導きました。約束を守れと迫る赤リンにたいし、鷹場は約束は破るためにあるとばかりに、ホモ男を拳銃で撃ち殺しました。今日は、スタジオに目撃者の田中四郎さんにお越し頂いています」

弟が言うと、サラサラのロングヘアの兄が隣りに座った。

「今日は、お忙しい中、ありがとうございます。田中さんは現場で一部始終を目撃されたとのことですが、どんな感じだったのでしょうか？」

「わし、あのビルの管理人をやっとるとばってん、夜の見回りばしとったら、いんやぁ〜、びっくりしたばい。男が男のあそこばしゃぶっとるたいっ。じゅぽじゅぽ音ば立ててな、しゃぶられとるほうは鼻の穴ば広げて気色の悪か呻《うめ》き声ば漏らしとったばい！」

なぜか九州弁で、兄が興奮気味に捲《まく》し立てた。

「ほぉう、じゅぽじゅぽですか？　それで、恋人を撃ち殺されたときの赤リンの様子はどんな感じでしたか？」

「そりゃもう、見とられんかったばい。恋人のホモば助けるっちゅう約束ば信じて尺八ばしたとに、ズドーン、だけんね。あの、鷹場っちゅう男は悪魔ばい……お〜怖か怖か……」

兄が、わざとらしく身震いしてみせた。

「さて、視聴者のみなさん、今日は、サプライズゲストがきてくれています。フェラチオを強要された上に約束を反故《ほご》にされて恋人のホモ男を殺された赤リンさんです」

弟が言いながら、赤迫のほうに歩み寄ってきた。

「大変、答えづらいかとは思うのですが、いま、どんな気分ですか？」

腰を屈《かが》めた弟が、悲痛に顔を歪《ゆが》めながらマイクに見立てた携帯電話を赤迫の口もとに差し出してきた。

「あなた達、そうやって、ごまかしてるんですか？」

赤迫は、憐《あわ》れみの籠もった眼で兄弟を交互に見据えた。

「なにを、ごまかしていると言うんでしょう？」

弟はまだ、キャスターを演じ続けていた。

「いままで、そうやっておどけてばかりいて、現実から眼を逸《そ》らしているんだろう？」

「俺はよほぉ、いったい、あんたがなにを言ってんのかわかんねえんだよほぉ。なあ、監督」

弟がタコのように尖《とが》らせた唇を歪め、恐らく俳優のまねをしながら兄を振り返った。

「そうですねぇ～いわゆる私と同じでぇ～赤リンさんがなにをおっしゃってるのかぁ～わかりませんねぇ～はい」

兄が、歴史上の名監督の物真似で同調した。

「それだよ、それ。なにかと言えば、人を小馬鹿にしたような物真似で逃げる。鷹場みたいな男の下で働かなければならない屈辱を、ごまかしてるんですか？　自分達は惨《みじ》めじゃない。そういうふうに言い聞かせ、自分を偽っているんじゃないんですか？」

「お、俺らがよほぉ、なにを偽るって言うんだよほぉ」

弟は相変わらず男優の物真似をしていたが、微かに表情が強張《こわば》っていた。

「鷹場英一が、どういう男か知ってるでしょう？　ゴキブリみたいに薄汚く嫌われてる男、下着泥棒より軽蔑すべき男……そんな男の配下として、いいように使われて惨《みじ》めだと思わないんですか？」

赤迫は、冷え冷えとした眼を兄と弟に向けた。

ふたりの屈辱を煽《あお》り、鷹場に謀反させようというシナリオはあった。

だが、本音も混じっていた。

この兄弟のふざけた言動はさておき、射撃術や立ち振る舞いをみていると腕の立つ男達だろうということが窺《うかが》える。

赤迫には、彼らのようなキレ者の男達が、なぜあんな最低の男の指示を受け動いているのか理解できなかったのだ。

「あなた達は、どこかの組織でそれなりの立場にいる人でしょう？　鷹場みたいな最低なろくでなしの犬になって満足なんですか？」

「おい、誰が犬だよ？」

兄が、それまでのおちゃらけぶりが嘘のように剣呑《けんのん》なオーラを漂わせながらドスの利いた声で言った。

「カチンときたなら、謝ります。でも、考えを変える気はありません」

「てめえっ、おとなしく聞いてりゃ調子に乗りやがって！　仁龍会の会長が鷹場に借りがあるみてえで、俺らに指示してきたんだから仕方ねえだろうが！」

「僕なら、たとえ会長の指示でも、あんな下種な最低男に従うなんて拒否しますね」

「組織ってのはな、そんな甘い……」

「俺も、赤迫の言うとおりだと思うぜ」

弟が兄を遮《さえぎ》り言った。

「なんだと!?　お前は口出すんじゃねえっ」

兄が気色《けしき》ばんだ。

「いいや、今日は言わせてもらうぜ。もともと俺は、おやじの言うことにゃ反対だった。鷹場英一……『溝鼠』の噂は俺だって聞いている。赤迫の言う通り、最低の糞野

郎だ。いくらおやじの命令だからって、なんで俺らが鷹場みてえなカス男に顎《あご》で使われなきゃなんねえんだよ!?」

　弟が、いままでの鬱憤《うっぷん》を晴らすように兄に激しく食ってかかった。

「鷹場がどうしようもねえクズ野郎なのは認める。だがよ、おやじの命令は絶対だ。おやじには、返しても返しきれねえ恩があるだろうが!?　俺らがガキの頃の極貧生活を、忘れたのか!?　パンの耳しか食えねえ時代に、拾ってくれたのは誰だ!?　手に職も学歴もねえ俺らに、武術や射撃術を教えてくれたのは誰だ!?　俺らに稼げる仕事を回してくれて、裕福にしてくれたのは誰だ!?　みんな、おやじだろうがよ!?　おやじがいなけりゃ、俺ら兄弟はとっくに野垂《のた》れ死にしてるぜ。そんなおやじの言うことは、絶対だっ。おやじが犬を猫って言ったら猫だし、まんこをちんぽって言ったらちんぽなんだよ！」

　兄が、声を荒らげ弟を怒鳴りつけた。

　いかにも頭が悪そうで下品なたとえだが、ふたりが仁龍会の会長に大きな恩を受けていたことはわかった。

「もちろんおやじには感謝してるが、おやじだって俺らのおかげでいろいろと助かってるはずだ。もともと、おやじが俺らふたりを極貧生活から救ってくれたのも、洗脳

して意のままに動く暗殺者がほしかったからだ。組員がやったら足がつきやすいことでも、名簿に載ってねえ俺らなら外国の不良並みに自由に使えるからな。その意味じゃ、孤児の俺らの境遇はおやじには持ってこいだった。使うだけ使ってよ、殺されたり捕まったりしても戸籍がねえから警察も跡を追えねえ。そりゃ、飯も食わせてくれるし武術や射撃術も教えてくれるだろうよ。抗争相手や邪魔な奴を消すときに、リスクを考えずに使える俺らは重宝《ちょうほう》するからな。兄貴はさ、単純でお人好し過ぎるんだよ」

「お前、いくら弟でも、おやじのことを悪く言うのは聞き逃せねえぞ」

兄が、剣呑な声音で言った。

兄は仁龍会の会長に心酔し、弟は否定している。

赤迫にとっては、願ってもない展開になってきた。

仲間割れしてくれれば、突破口を見出せる可能性があった。

「兄貴、俺ら、組に属してねえんだぜ？　危険でイカれたマルキド兄弟は、なにをするかわからない。ヤクザだろうが警察だろうがお構いなしに牙を剝く。北九州の狂犬、日本中の極道が一目置いていた武闘派、玄俠会の若頭の勝浦大吾を拉致して、頭皮剝がして眼球くり貫《ぬ》いて切り落としたちんぽを眼窩《がんか》に突っ込んで都庁前に転がしたこと

で、俺らはマルキド兄弟と呼ばれるようになり、その名を広めた。たしかに、おやじが拾ってくれたから、名を売れたのかもしれねえ。だけどよ、勝浦ぶっ殺して玄侠会潰したから、仁龍会は九州制覇できたんだろうよ？　俺らは功労者だ。そんな俺らに、恩義があるかなんだか知らねえが、鷹場なんて糞変態野郎の下につけだなんて、馬鹿にしてるにも程《ほど》があるだろうが！　イカれたマルキド兄弟なら、おやじを殺してもなんの不思議もねえ」

弟が、焦点の定まらない眼で兄を睨《ね》めつけながら言った。

完全に、弟の眼はイッていた。

「弟さんの、言うとおりだと思います」

赤迫は弟のあと押しをした。

「てめえは関係ねえんだから黙ってろ！　おいっ、浩二っ。いくら弟でも、おやじのことをそんなふうに言いやがると許さねえぞ！」

兄が、赤迫を一喝《いっかつ》すると返す刀で弟を恫喝《どうかつ》した。

「お兄さんは、弟さんよりヤクザの親分のほうが大事なんですか？　マルキド兄弟の兄貴だけ仁龍会の幹部候補生として組員になるっていう噂は、本当だったんだな」

赤迫は、一気に畳みかけた。

「は⁉　兄貴っ、それ、マジか⁉」

弟が、血相を変えて兄貴に食ってかかった。

「そんなわけねえだろうが！　おいっ、てめえ、でたらめ言うんじゃねえぞ！」

弟以上に血相を変えた兄が、赤迫に詰め寄った。

「僕はただ、ネットのヤクザスレッドに書いてあることを言っただけですよ。掲示板では、コントロールの利かない弟に手を焼いた仁龍会の会長が、兄を取り込もうとしているって。兄は将来の会長の椅子を譲り受けることと引き換えに、会長に魂を売ったって」

赤迫は、淡々と言った。

真っ赤なでたらめだった。

そんなスレッドはみたこともないし、恐らく存在しないだろう。

「兄貴……どういうことなんだ……？」

弟が、震える声で訊ねた。

「だから、こいつのでたらめに決まってんだろうが！　そんなこともわからねえのか⁉　お前、馬鹿か！」

「はぁ⁉　誰が馬鹿だっ。兄貴だからって調子こいてっと、撃ち殺すぞ！」

弟が、兄の胸倉を摑《つか》んで凄《すご》んだ。

「あ!?　馬鹿に馬鹿って言ってなにが悪いんだよ！　だいたいな、お前が考えなしにイカれたことばっかりすっから、いままで俺がどんだけ尻拭《しりぬぐ》いしてきたかわかってんのか!?」

兄も、弟の胸倉を摑み返した。

赤迫は、心でほくそ笑んだ。

短い時間で、赤迫はこの兄弟が不仲ではないかと疑った。

疑いは、確信に変わった。

「誰が尻拭いしてくれって頼んだよ。兄貴のほうこそ、その腰抜けな性格なんとかしろや！　泣く子も黙るマルキド兄弟、ヤクザも恐れるマルキド兄弟、キレたら手のつけられないマルキド兄弟……これが、俺らが周りから思われてる危なくイカれまくったイメージだ。俺からみりゃ、兄貴はすげえまっとうな性格をしている。てめえの立場ばっかし考えてる兄貴が狂犬？　破天荒《はてんこう》なふりしてる計算高い臆病男がイカれまくってる？　笑わせんな！　あんたはガキの頃から優等生の計算高い臆病者で、ずっと俺のこと見下してばかりでよ、ムカつくんだよっ！」

弟が白眼を剝き、唾《つば》を飛ばしながら胸倉を摑んだ兄の身体を前後に揺すった。

予想以上の展開になってきた。

しかし、兄はキャラクターで狂犬を演じ、じっさいは計算高い用意周到な男だったとは驚きだ。

しかも、幼い頃から弟が兄を嫌っていたとは……二重の驚きだ。

どちらにしても、仲間割れは大歓迎だ。

「……おい……たいがいにしとかねえと、マジにキレるぞ⁉」

兄が、弟の手首を摑んで凄んだ。

「キレてみろやっ、このチンカスが！」

怒声とともに、弟が兄の顔面に頭突きを打ち込んだ。

鼻血を噴き出し、仰向けに倒れる兄。

「チンカス！　早漏！　短小！　包茎！」

兄に馬乗りになった弟は、下劣な罵詈雑言を浴びせつつパンチを振り下ろした。

「おらっ！　どうした⁉　狂犬じゃねえのか⁉　おらっ！　牙剝いてみろや！　おらっ！　やられっ放しか！　おらっ！　俺様が本物の狂犬だ！　土佐犬だ！　おらっ！　あんたはチワワか！　プードルか！　弱っちい野郎だぜ！　おらっ！　おらっ！　おらっ！」

嬉々《きき》とした表情で兄を殴りまくる弟の眼は、完全にイッていた。

兄とは違い、弟は正真正銘にイカれていた。

兄の前歯は折れ、鼻は曲がり、瞼《まぶた》は塞《ふさ》がり……みるも無残に腫《は》れ上がっていた。

「へーんなかおー！　へーんなかおー！　へーんなかおー！　へーんなかおー！」

弟は立ち上がり、茶化すようなリズムをつけて歌いながら兄の顔面を踏みつけた。

「お、おい……やめろ……俺は……兄貴だぞ……」

気息奄々の声で、兄が言った。

「はぁ？　兄貴のちんぽみてえにちっちゃい声だから、聞こえねえなぁ～」

弟が、馬鹿にしたように耳に手を当てた。

「た……頼むから……やめてくれ……」

「うん、わかったよ、兄ちゃん、僕、もう、蹴るのやめるね」

弟は、少年のように無邪気に頷《うなず》き笑った。

「でも、その代わり……」

上着の内ポケットに手を入れた弟が、拳銃を取り出した。

「殺してあげるね」

口角を吊り上げ、躊躇《ちゅうちょ》することなく引き金を引いた。

耳を聾《ろう》する撃発音――兄の額に穴が開き、身体がバウンドした。

赤迫は、驚きに眼を見開いた。

仲間割れを期待していたが、まさか、いきなり撃ち殺してしまうとは思わなかった。

「次は、誰の番かな～？」

悪戯《いたずら》っぽく言いながら、弟が銃口を赤迫に向けてきた。

「僕を殺すんですか？」

「最初から、それが目的だからね」

弟が、茶目っ気たっぷりに片目を瞑《つむ》った。

「ああ、そうでしたね」

赤迫は、平静を装い言った。

ここで取り乱せば、弟の格好のおもちゃになってしまう。

「でも、それは鷹場の部下としての任務ですよね？　あなたは、それが納得できないからお兄さんを殺したんでしょう？」

赤迫は、幼子に言い聞かせるようにゆっくりとした口調で言った。

弟の知能は、五歳児並みに低い。

「あ、そっか。じゃあ、俺はどうすればいいのかな？」

「鷹場英一のところに、連れて行ってあげましょう」

「鷹場⁉　そういや、煙草を吸いに行ったまま戻ってこないな。あの糞野郎、どこでサボってやがるんだ」

「サボってませんよ。恐らく、僕の仲間に捕らえられたんでしょう」

「お前の仲間⁉」

弟が頓狂な声を上げた。

「ええ。僕が鷹場の襲撃に失敗したときのために、仲間が外で待機するという二段構えの作戦だったんです」

仲間——源三が、鷹場の拉致に成功したに違いない。

「で、その仲間ってのはどこにいるんだ？」

「電話をかけさせてもらえれば、すぐにわかります。身体を、自由にしてくれませんか？」

「お前を信用しろって？」

「鷹場を殺す目的が一緒である以上、僕があなたを裏切る理由はありません」

赤迫は、きっぱりと言った。

「でも、俺たちはお前の恋人を殺したんだぜ？」

試すように、弟が訊ねてきた。

「クリスを殺したのは……鷹場です」

底なしの暗い瞳で、赤迫は弟を見据えた。

「わかった。信じよう」

弟が頷き、赤迫の拘束を解き始めた。

二人は雑居ビルの地下室を出て、源三が鷹場を監禁している場所へ向かった。

16

「十億で俺を釣って、隙《すき》みて俺を殺す。薄汚ねえおめえなら、そう考えても不思議はねえ」

源三は言いながら、腰に手を回した――大口径の拳銃を、鷹場の額につきつけた。

「へたなまねしたらよ、コルト・ガバメントでズドーンだ。こいつで撃ち抜いたらよ、おめえの頭蓋骨も顔面骨も粉々だ」

「そんなこと、考えてねえって。俺はよ、てめえの命に十億を払うんだからよ」

鷹場は即答した。

もちろん、嘘——十億をくれてやる気はない。

とにもかくにも、拘束から逃れないことにはなにもできない。

「まあ、なんだっていいや。変な気起こせば、おめえの顔が粉砕するだけだからよ」

源三は、額《ひたい》に銃口を押しつけつつ、鷹場の身体を拘束していた粘着テープを引き剝がし始めた。

「足は、自分で剝がせや」

距離を置き、ダブルハンドで拳銃を構える源三。

接近していれば、それだけ反撃のチャンスを与えてしまう。

源治も、用心深い男だった。


——道で一万円を拾ったらよ、誰がみてるかわからねえから、すぐにはポケットにはいれねえ。手に持ったままよ、交番のほうに歩いて行く。交番を過ぎ、もし、ネコババする気かと誰かに言われたら、ぼんやりして交番を通り過ぎちまっていたと言えばいい。誰にも声をかけられなかったら、そのまま人気のねえ雑居ビルに入る。無人のエントランスでポケットに一万円札を捩《ね》じ込み、裏口から抜けるってわけだ。

ある日の源治がネコババについて自慢気に語った言葉が蘇った。

——女から好きって言われたらよ、俺は職場をクビになって無職になったと嘘を吐く。これをクリアしたら第二ステップは、俺は三十秒持たない早漏だと嘘を吐く。これをクリアしたら第三ステップは、金を貸してくれと無心する。相手がそれでもなお俺への気持ちが変わらないっていうんなら、とりあえずは信用する。

ある日の源治が女性観について自慢気に語った言葉が蘇った。

——ガキの頃よ、お袋が作った食事も親父や祖父《じい》さんが口をつけるまで絶対に食わなかった。毒が入ってるかもしれねえからな。親っつってもよ、所詮《しょせん》は人間だ。ウチは貧乏だったしよ、口減らしのために殺そうとしても不思議じゃねえしな。

ある日の源治が母親について自慢気に語った言葉が蘇った。

源治は、用心深いというよりも自分以外の人間を誰ひとり信用していなかった。

「両手を組んで頭の後ろに回せや」

鷹場が足の粘着テープを剝がし終わると、源三が拳銃を向けながら言った。

「まさか、外に出るときもそいつを突きつけたままなのか？」

背後に回り背骨に銃口を突きつけた源三に、鷹場は訊ねた。

この状態で張りつかれていると、逃げ出すチャンスがない。

なんとかしなければ、本当に十億を持って行かれてしまう。

「心配すんな。ちゃんと、上着で隠してるからチャカはみえねえからよ」

「上着で隠してるからって、はたからみりゃ不自然に決まってんだろうが？　職質なんてされたらよ、一巻の終わりだぜ？」

「職質されるのを恐れてチャカ突きつけなかったらよ、おめえが百パーセント反撃してくるのがわかってるからよ。だから、絶対にこいつは離さねえ」

源三が、耳もとで囁《ささや》いた。

納豆とチーズをこねくり回したような強烈な悪臭に、鼻粘膜《びねんまく》が腐ってしまいそうだった。

「だから、警察に職質されたらどうすんだって!?　俺ら、叩けばいくらでもホコリが出る身だろうが!?　心配しねえでも、おかしなことはしねえからよ」

鷹場は、必死に訴えた。

是が非でも、銃口を押し当てられた状態で外に出ることを阻止したかった。

「やなこった。おめえに反撃の芽を与えるくらいならよ、職質されたほうがましだぜ。おら、さっさと歩けや！」

源三が、銃口で鷹場の背骨を突いた。

足を踏み出すたびに、テニスボールほどに腫れ上がった陰嚢が太腿に擦れて激痛に襲われた。

腹を決めた。

人通りのある場所に出たら、一か八かの勝負を打つ。

源三も、人目のあるところで発砲することを躊躇《ためら》うはずだ。

その躊躇いこそが、逃走のチャンスだった。

「おめえの父ちゃんを、ガキの頃からみてきたんだぜ？　嘘とでたらめ、裏切りと欺《あざむ》きの間に生まれた源治のDNAを受け継いだおめえを、信じられるわきゃねえだろうが？　腐った生卵を飲めば腹を壊し、ナイフで切られたら皮膚が裂け血が滲《にじ》むのと同じ、おめえを信じたら裏切られてひでえ目にあうのはわかってんだよ」

倉庫の出口までの長い道のりを歩きつつ、源三が憎々しげな声で言った。

七年前――薄暗く、冷え冷えとしたこの空間で修羅場をくぐった。
源治と宝田と、血で血を洗う抗争を繰り広げた。
何度も、命を落としかけた。
溝鼠の生命力で、切り抜けた。
憎き父を殺し、最愛の姉を見殺しにし、生き延びた――一億を、独り占めにした。
そのときの阿鼻叫喚《あびきょうかん》に比べれば、今度は源三ひとりだけだ。
なんとかなる……いままでだって、ギリギリの人生を歩んできた。
いつだって、勝ってきた――敵を潰し、闇に葬ってきた。
源三ひとりが「溝鼠」に終止符を打てるはずがないし、打たせるわけにはいかない。
倉庫の出口まで、あと三、四メートルといったところだ。
勝負は、倉庫を出て大通りでタクシーを拾うときだ。

振り向き様《ざま》に源三のこめかみに肘《ひじ》を打ち込む。
後ろ蹴りで源三の股間を蹴り上げる。
腰を落とし源三の足を払う。

アクション映画や刑事ドラマではないので、そううまく行くかどうかはわからない。

しかし、タクシーに乗るまでに実行しなければチャンスはなくなる。

「高円寺のアパートに隠してあるからタクシーを使うが、代金はどっちが払うんだ?」

鷹場は、源三に訊ねた。

高円寺に行く気はないので、どっちが代金を払うかなどどうでもいい。

鷹場の目的は、源三はタクシーに乗るつもりなのかを探ることだった。

「そんなもん、おめえに決まってんだろうが」

「ありえねえな」

そう言いながらも、鷹場は安堵《あんど》していた。

これで、大通りまで行くことは決まった。

あとは、鷹場が「アクション」を決められるかどうかだ。

「開けろや」

出入り口で足を止めた源三が、鷹場の後頭部を銃口で小突きつつ横柄な口調で命じた。

鷹場は舌打ちをした。

あと少しの辛抱だ。

形勢逆転したら、考えられるかぎりの苦痛と恐怖を源三に与えてやるつもりだった。

鷹場が倉庫の引き戸に手をかけようとしたとき――いきなり、引き戸が開いた。

「また、お会いできましたね？」

拳銃を構えた赤迫が、憎悪の宿る瞳で鷹場を見据えた。

「どうしてここに……」

赤迫から視線を背後に向けた鷹場は絶句した。

「おめえ……なにやってんだ!?」

視線の先――梨本弟が、拳銃を鷹場に向けていた。

「なにやってるって、『溝鼠』退治にきたんだよ」

誰の物真似でもない、自分の声音で言った梨本弟が唇の端を吊り上げた。

「裏切ったのか!?」

「裏切ったもなにも、俺は最初から鼠君の手下になったつもりはないけどな。なんで俺ほどの腕の立つ殺し屋が、鼠君みたいなしょぼい男の指図を受けなきゃならないんだよ」

梨本弟が、倉庫内に足を踏み入れながら言った。

「兄貴はどこだ?」

動転する思考——鷹場は、うわずる声で訊ねた。

「え? ああ、兄貴ね。殺した」

「なに!?」

あっさりと言う梨本弟に、鷹場は眼を剝いた。

「だって、会長の言いなりになって、鼠君の手下になって……俺は、反対してたんだよ。鼠君に協力するなんて絶対に嫌だってね。兄貴とは昔から、性格合わなかった。場面によってはインテリぶって気取り澄まし、場面によってはイカれた狂犬を演じる。性格合わないっつうか、大嫌いだね。だから、殺した。すきっとさわやかって気分かな」

梨本弟が、蛇《へび》のように赤い舌をちろちろと覗《のぞ》かせながら爆笑した。

マルキド兄弟……ふたりともイカれた男と思っていた。

違った。

兄は偽物で、本物は弟だけだったのだ。

「僕がいまあなたの前に立っている理由、わかりましたか? あなたはいま三人の敵に拳銃を突きつけられている……つまり、絶体絶命ってわけです。どうですか、袋の

鼠になった気分は？」

　赤迫は、加虐的な口調で言った。

「俺のちんぽしゃぶってザーメン塗《まみ》れになっていたおめえに、そんなえらそうに言われたくねえな」

　鷹場は、嘲《あざけ》るような視線を赤迫に向けた。

　もちろん、そんな余裕はなかった。

　余裕どころか、赤迫の言うように絶体絶命だ。

　だが、孤立無援ではない。

　赤迫は知らないが、源三は彼らの側の人間ではない。

　十億を手にするまではこちら側の人間——自分が殺されるのは困るはずだ。

　源三がどう動くかで、鷹場の命運は決まる。

　自分に拳銃を突きつけている源三が自分を救う——それもこれも、金の力だ。

　やはり、金は万物を支配する。

「まあ、なんとでも言ってください。いまから、何倍にもして返してあげますから。源三さん、ありがとうございます。もう大丈夫ですから、こっちにきてください。流れ弾が当たったら大変ですから」

赤迫は、鷹場にたいしてとは正反対の尊敬と服従の念が窺《うかが》える物言いを源三にした。

「いいや、そっちには行かねえ」

即座に答える源三。

「源三さんがそちらにいらっしゃったら、拳銃を撃てません。僕は鷹場英一を蜂の巣にするつもりですから」

「そりゃ困るな」

「ですよね？　なので、こちらに……」

「英一を撃ち殺すのは困るって言ってるんだ」

源三に遮《さえぎ》られた赤迫が、表情を失った。

「それは……どういう意味です？」

幼子が、ママ、僕のこと好き？　と確認しているときのような、不安げな声で赤迫は訊ねた。

「どういう意味もこういう意味もねえ。とにかく、いま、英一が死んだら困る。拳銃を下ろせや」

源三が、ドスの利いた声で赤迫に命じた。

「いくら源三さんの言いつけでも、これぱっかりは……」

赤迫が、苦悩に顔を歪めた。

「なんだ、おめえ、俺の言うことがきけねえってのか？　おめえにとっての神、源治と生き写しの俺の命令を拒否するってか？」

源三の声音が剣呑《けんのん》さを増した。

「だからこそなんです。鷹場は、僕の『神様』を殺しました。僕は、父さんの仇を討つためだけに、人生のすべてを注いできました。それだけじゃありません。こいつは……こいつは、僕の大事な恋人をも殺しました……ここで鷹場を見逃してしまえば、なんのためにいままで……」

赤迫が言葉を切り、唇を嚙んだ。

「どうしても英一を殺すっつってんのなら、まずは俺を撃ち殺せや。お？　ほれ、はやく撃てや。おお？　どうした？」

源三は、赤迫がそれをできないとわかっていながら、わざと詰め寄った。

「源三さんは、なぜ、鷹場の命を守るんですか!?」

「金に決まってるでしょ？　このおっちゃん、鼠君から金を貰おうとしてんだよ。だから、殺せないのさ」

それまで黙って話を聞いていた梨本弟が、横から口を挟んできた。

梨本弟の持つ拳銃は、いつの間にか自分から源三に向いていた。

源三の拳銃も呼応するように梨本弟に向けられた。

赤迫は撃ってこないと踏んでいるのだろう。

赤迫の拳銃だけは、執拗《しつよう》に自分の眉間《みけん》のあたりを捉《とら》えていた。

「源三さんは、そんな人じゃありませんっ。君、源三さんに拳銃を向けるのはやめなさい！」

赤迫の銃口の向きが、自分から梨本弟に移った。

これで、自分に向けられた拳銃はなくなったが、だからと言って逃げ出そうとすれば三人に蜂の巣にされるだろう。

ここは、源三、赤迫、梨本弟が共倒れするのを待つのが賢明だ。

「はぁ〜？　赤リン、それ、本気で言ってんの？　おっちゃんは、平気で赤リンのことを撃つよ？　赤リンのことより、金のほうが好きみたいだからね」

梨本弟が、呆れたように言った。

「慎吾。俺とこいつの、どっちを信用すんだ？　お？」

源三が、赤迫に二者択一を迫った。

「もちろん、源三さんですよ」

即答する赤迫。

「だったらよ、この赤坊主を撃ち殺して証明しろや」

「ですが、彼は鷹場を殺すために僕と手を組み……」

「源三さんよ、無理だって。このお坊っちゃんは、おめえのことより梨本弟のほうが大事なんだってよ」

鷹場は、赤迫を遮り言った。

「勝手なことを言わないでくださいっ。そんなわけ、ないじゃないですか！」

「なら、さっさと撃てや」

鷹場は煽《あお》った。

赤迫が梨本弟を殺せば、二対一となる。

二対一といっても、赤迫は源三に心酔しているので敵のうちに入らない。

「赤リン、騙《だま》されたらだめだぞい。鼠君は俺らを仲間割れさせて逆転満塁ホームランを打つつもりだからな」

梨本弟が、赤迫に言った。

「おめえは俺を裏切ったくせに、えらそうなことを言うんじゃねえ！」

「俺は最初から鼠君と手を組んだ覚えないから、裏切るもなにもないって。ウザくて

飽きてきたから、殺すね」

梨本弟が、拳銃を源三から自分に向けた。

「待ってくださいっ。鷹場は、僕の獲物です」

「なら、さっさと殺しちゃいなって。これがドラマなら、いまがクライマックスだからさ。『太陽にほえろ!』のジーパン刑事の殉職シーンに負けないくらいのインパクトを残さないと。拳銃向ける相手が違うよ。さあ、早くやっちゃいな」

赤迫が頷《うなず》き、自分に銃口を向けた。

舌打ち――せっかくの仲間割れのムードが、梨本弟のせいでぶち壊しになった。

「おいおいおい、源三さんよ、いいのか? 俺が殺されちゃったら、十億は入らなくなるぜ?」

鷹場は、源三をたきつけた。

できるなら、このことは赤迫には知られたくなかったが、背に腹は代えられなかった。

「十億? 源三さん、なんのことです?」

赤迫が、怪訝《けげん》な表情で源三に訊ねた。

「英一の命と十億を交換したってわけだ。だから、こいつを撃つんじゃねえ」

源三が、悪びれるふうもなく言った。

「鷹場は、源三さんのお兄さんを殺したんですよ!?　鷹場英一に復讐するために、僕達ここまでやってきたんじゃないんですか!?　クリスだって……こいつに、虫けらみたいに殺されたんですよ!?　そんな下種な男とお金で取り引きするなんて、納得できません！」

赤迫が、悲痛な顔で訴えた。

色白の肌は朱に染まり、自分に向けられた拳銃を持つ腕は感情の昂《たか》ぶりに震えていた。

「おめえ、なに童貞の中学生みてえなこと言ってんだ!?　兄貴の復讐のためにやってきただぁ？　冗談じゃねえ。誰が、そんな一円にもならねえことのために生きるかってんだ。だいたいよ、兄貴自体がよ、他人のためには一円の金も出さねえドケチ男だった。金だけじゃねえ。他人のためになにかをやるってことは、まったく頭にない自己中心的な男だ。てめえの快楽のためなら親兄弟も嫁子供も地獄に突き落とし、てめえが生き延びるためなら親兄弟と嫁子供を生贄《いけにえ》に差し出すようなひとでなしだ。いいか？　英一はたしかに下種で下劣で野卑で守銭奴で倒錯者で変質者だ。だがな、おめえが神と崇《あが》める兄貴……鷹場源治の生き写しなんだよ。わかるか？　つまりよ、鷹場

源治と鷹場英一は合わせ鏡……同類ってやつだ。おめえが英一を否定すればするほど、源治を否定してるのと同じことなんだよ！」

源三が、赤迫に人差し指を突きつけた。

――英一よ。おめえには、父ちゃんと同じ血が流れてる。薄汚え、どす黒く濁《にご》ったどろどろの血がな。

幼い頃、繰り返し聞かされてきた源治の言葉。

幼稚園の頃――幼心にも、親子だから似ているのかとぼんやりと思った。

小学生の頃――物事の分別もつくようになり、源治の言葉を全力で否定した。

中学生の頃――己《おのれ》の言動が、なんとなく源治に似ているのではないかと感じ始めた。

高校生の頃――己の言動がなんとなくではなく、源治に瓜《うり》ふたつだと確信した。

そして成人になり、一日経つごとに、自らが全身全霊をかけて拒絶していた父、源治に近づいてゆくのがわかった。

「嘘です……そんなの、認めません！　父とこいつが一緒なわけありませんっ。僕にとって父は崇高で、卑しい鷹場とは比べようもありませんっ。ほかの人が言うならまだしも、僕の中で父の生まれ変わりだと思っていたあなたがそんなふうに……」

赤迫が、充血した眼を見開き、震わせた唇を噛み締めた。

「虫酸が走るんだよ！　なぁ〜にが、父は崇高だ？　んなもん、誰にでもマンコ開く淫売女を女神と言ってるようなもんだ。いいや、吐き気がするようなどブスをモデルみてえに美人だって言ってるようなもん……いいや、寝たきり老人を逞《たくま》しくて素敵って褒《ほ》めてるようなもんだ。とにかく、兄貴に崇高なんて表現はまったく似合わねえし結びつかねえ」

「やめてください……お願いだから、やめてください……」

源三の口から出てくる源治にたいしての罵詈雑言に、赤迫が掠《かす》れた声で繰り返した。

「はぁ!?　やめてくださいだぁ!?　そりゃ、こっちのセリフだっつーの。俺があんな薄汚えひとでなしの生まれ変わりだなんて、やめてくんねえか？　俺があんなダニとゴキブリの間に生まれたような下等生物の生まれ変わりだなんて、やめてくんねえか？　なあ、お願いだから、やめて……」

茶化すような源三の声が、銃声に遮られた。

腰から崩れ落ちる源三の手から拳銃を奪った鷹場は、赤迫の眉間に銃口の照準を合わせた。

「英一……殺せっ、そいつをぶち殺せ！」

鷹場の足もとで、太腿から血を流す源三が赤迫を指差し叫んだ。

「うるせえっ。俺に指図するんじゃねえ」

鷹場は、銃弾に抉《えぐ》られた源三の太腿を踏みつけた。

視線と銃口は、赤迫を捉《とら》えたままだった。

「痛ててっ……やめろ……痛ぇじゃねえか……」

「これで、五分だな」

源三の悲鳴を無視し、鷹場は赤迫に言った。

「五分じゃないよ～。鼠君、赤リン以外に俺がいること忘れてない？」

赤迫の斜め後ろに立つ梨本弟が、鷹場に銃口を向けたまま言った。

「もちろん、覚えてるぜ。マルキド兄弟の頭の悪いほうがいるってことをよ」

鷹場が嫌みを言うと、梨本弟が脳天を突き破るような声で笑った。

やはり、弟はイカれている。

「鷹場さん。彼の言う通りです。状況は五分ではありません。もともと彼とは仲間で

もなんでもありませんから、僕が撃たれようとも関係ないんです。つまり、僕に拳銃を向けても、彼があなたを撃つことへの抑止力にはならないということです」

赤迫が、眉《まゆ》ひとつ動かさずに言った。

たしかに、さっきよりましになったとはいえ、この状況では赤迫と梨本弟のどちらかひとりを道連れにするのが精一杯だ。

このまま時間が過ぎても、形勢は不利なままだ。

膠着《こうちゃく》状態に痺《しび》れを切らせた梨本弟が破れかぶれに発砲してくる前に、仕掛ける必要があった。

ただし、鷹場の頭にあるシナリオはウルトラC……本当に、一か八かの賭けだ。

だが、自分の読みが当たっていれば、起死回生の逆転劇になる可能性があった。

源三に拉致監禁され、万事休すという絶体絶命の危機から、よくぞここまで盛り返せたものだ。

人間が滅びても生き残る……それが、「溝鼠」だ。

いままでがそうであったように、これからも、生き延びてみせる。

たとえ、どんなに無様で卑怯な醜態《しゅうたい》をさらしてでも……源治のぶんまで、そして、澪のぶんまで生き延びてみせる。

「なあ、ひとつ、教えてほしいことがあるんだが」

鷹場は、赤迫に問いかけた。

「なんです？」

「俺の精子の味、苦かったか？　甘かったか？」

「なっ……」

赤迫と梨本弟に隙《すき》ができたコンマ数秒を逃さなかった。

鷹場は屈《かが》み、源三の背後に回った——後頭部に銃口を押しつけつつ、立ち上がらせた。

「赤迫、源三を助けてほしかったら、銃を捨てろや」

「源三さんを人質に言うこと聞かせようとしても、無駄ですよ。彼は僕を裏切った。もう、尊敬の念はありません」

「鼠君も焼きが回ったのかな？　そのおっさんの足、赤リンが撃ったの忘れたのか？」

「まあ、いまにわかるさ」

鷹場は意味深に言うと、源三の耳に唇を近づけた。

「源治になりきって、赤迫に語りかけろ。拳銃を捨てさせるように仕向けろ。顔も声

も、いやになるくれえ源治にそっくりなあんたがやったら、あいつも混乱するはずだ」

鷹場は、源三の耳もとで囁《ささや》いた。

「そんな子供騙《だま》し、通用するわきゃねえだろうが？　いくら顔と声が似ててもよ、てめえの親父じゃないことくらい、わかるはずだ」

源三も、赤迫と梨本弟に聞こえないように声のボリュームを絞っていた。

「まともな頭ならな」

「奴の頭は、まともじゃねえって言うのか？　赤坊主がイカれてるのはわかるが、慎吾はまとも過ぎるくれえにまともだぜ」

「なに言ってやがんだ。野郎の精神は壊れてる。赤坊主なんかよりな。ガキの頃に、壊れたんだろうよ」

鷹場は、しみじみとした口調で言った。

赤迫は至って正常にみえるが、それは表面上の話だ。

倒錯した源治の異常な躾《しつけ》に、内面は腐敗しているに違いなかった。

「親が源治じゃな」

源三が、ぽそりと呟《つぶや》いた。

まったくだ。

鷹場は、心で共感した。

「さっさとチャカ寄越さねえと、こいつの頭撃ち抜くぞ！」

「舞台」の幕が開いた。

「慎吾……こいつの言う通りにしてくれねえか？　父ちゃんを助けると思ってよ……頼む。チャカを、捨ててくれ……父ちゃんが生きるも死ぬも、おめえにかかってるんだ……」

「源三劇場」がスタートした。

癖のある声質、同情の引きかた、独特の言い回し――錯覚しそうになるほどに源治に似ていた。

「や、やめてください……と、父さんの真似をするのは……」

苦しげに言う赤迫の額には、びっしりと脂汗《あぶらあせ》が浮いていた。

激しく動揺しているのが、手に取るように伝わってきた。

「なあ、慎吾よ……どうして、父ちゃんをこんなに苦しめるんだ？　父ちゃんのこと、嫌いなのか？」

源三が、弱々しく不安げな声を出した。

源治が蘇ったような錯覚に陥《おちい》り、思わず引き金を引いてしまいそうになった。

「やめてください……本当に……やめてください……」

赤迫が、首を小さく横に振りながら呻《うめ》くように言った。

「赤リン！　こいつはあんたの親父でもなんでもなく、ただのおっさんだ！　騙されるな！」

梨本弟が、危篤の親族を励ますように大声で呼びかけた。

「なあ、父ちゃんの頼みを聞いてくれ……チャカをこっちに」

「やめろって言ってるだろ！」

倉庫内に響き渡る赤迫の怒声と銃声に、源三の悲鳴が重なった。

源三が腹を押さえて前のめりに倒れた。

下腹を押さえている手が、みるみる赤く染まった。

「大丈夫ですか!?」

床でのたうち回る源三を蒼白な顔で覗《のぞ》き込む赤迫――微《かす》かな隙。

シングルハンド――鷹場は、赤迫のこめかみに狙いを定めた。

「赤リン！　危ない！」

鷹場が引き金を引く寸前に、黒い影が過《よ》ぎった。

立ち昇る硝煙《しょうえん》の向こう側……赤迫に覆《おお》い被《かぶ》さる梨本弟が伸ばした腕の先で睨《にら》む漆《しっ》黒《こく》の洞穴。

鼓膜《こまく》を聾《ろう》する撃発音。

反射的に横に飛んだ。

的を見失った流れ弾が、蹲《うずくま》りもがき苦しむ源三の肩を追い討ちをかけるように貫いた。

「父さんになにをする！」

被弾した源三をみた赤迫が、鬼の形相で銃口を向けてきた。

ステップバック——約一メートル先の床が抉《えぐ》れた。

素早い動きで立ち上がる赤迫が、引き金を引いた、引いた、引いた！

真横の段ボール箱に穴が開き、耳もとを熱風が掠《かす》めた。

どこかで習っていたのか、赤迫の射撃術はなかなかのものだった。

いまとなっては、源三に源治の真似をさせた作戦が裏目になった。

銃撃の嵐——赤迫と梨本弟が、競い合うように自分に向けて発砲してきた。

鷹場は、スプリンター並みの瞬発力でダッシュした。

逃げ足には自信があった。

命を狙われているときの走力なら、百メートル走の日本代表選手にも負けはしない。

逃げる自分を、ふたりがバラバラに追ってきた。

広い倉庫で助かった——チームワークのない相手で助かった。

これが六畳間の室内で息の合った相手なら、いま頃自分は間違いなく蜂の巣にされているだろう。

ときおり、フェイントをかけながら走った。

隙《すき》をみてなんとか出口を突破したかったが、ふたりともそのへんは警戒しているのだろう、常にどちらかひとりは扉の近くにいた。

ふたりとの距離は、十メートルはあった。

射撃に自信のある人間でも、動き回るターゲットなら五メートルの距離でも命中させるのは難しいものなのだ。

十数メートル先のターゲットを次々と射殺するなどという話は、アクション映画や刑事ドラマの中の出来事であり、現実はそんなに簡単にはいかない。

だが、このまま逃げ続けても、「袋のネズミ」でいるかぎり、いつかは捉えられてしまう。

無闇に発砲しているうちに、まぐれ当たりということもありうる。

とにもかくにも、二対一という状況をなんとかしなければならない。

逃げ続けているばかりでは埒《らち》はあかず、そのうち、体力を消耗《しょうもう》した頃に止《とど》めを刺されてしまう。

湖面に大量の石を投げ込んだように、二、三メートル先の床が抉れ、コンクリート片が飛散した。

鷹場も走りながら、ときおり反撃した。

命中させることが目的ではなく、牽制《けんせい》するためだった。

広大な倉庫内をぐるぐると駆け回っているので、息が上がり、全身が汗みどろになった。

太腿もふくらはぎも、石のように硬くなっていた。

打開策を考えなければ、そのうち燃料切れになるのは眼にみえている。

しかも、源三から奪った拳銃には、もう二発の弾丸しか残っていない。

たいする敵は、豊富な弾数を用意しているようだった。

赤迫が、梨本弟に耳打ちをした。

踵《きびす》を返した梨本弟が、倉庫の扉の前に門番さながらに仁王立ちした。

「鷹場さん！　勝負をしませんか？」

足を止めた赤迫が、大声で叫んだ。

「なんの勝負だ!?」

鷹場も叫び返した。

「倉庫の中央に向かって、お互いに歩を進める。ヒットできると思った瞬間に引き金を引く。ただし、撃っていい弾丸はお互いに一発だけ。この勝負、受けますか？」

赤迫が、挑戦的な眼で見据えてきた。

どこまで本心なのか？

この男は、いったい、なにを企んでいる？

鷹場は、赤迫の心理を読み取ろうと思考を目まぐるしく回転させた。

「俺がおめえを倒しても、赤坊主がいるだろうよ？　そんな不利な勝負を、受けるわけにゃいかねえな」

「五分の立場なら、受けますか？」

「ああ、俺とおめえが同じ条件になったら……」

鷹場の言葉が、銃声に掻《か》き消された。

赤迫が後ろ向きになり、梨本弟の額を撃ち抜いた。

梨本弟が、呆気《あっけ》なく仰向《あおむ》けに倒れた。

「これで、お互いに同じ条件です」

何事もなかったかのような平静な顔で、赤迫が言った。

「おめえ、どうして、そんな馬鹿なことする？」

鷹場は、率直に疑問を口にした。

自《みずか》ら味方を撃ち殺すなど、それなりの計算があるか、ただの馬鹿のどちらかだ。

「鷹場英一は、僕の獲物です。あなたが死んでも、殺したのが僕でなければなんの意味もありません。だから、邪魔者に消えてもらったんですよ」

赤迫が即答した。

嘘か本当かはわからない。

ひとつだけ言えることは、たとえ本当だとしても、鷹場には永遠に理解できない行動ということだ。

赤迫が自分を獲物と思っていたのと同じに、自分にも源治という憎き獲物がいた。

くる日もくる日も、源治を殺すことを考えていた。

だが、赤迫と決定的に違うのは、源治を殺すのは自分以外の誰でもよかったということ——源治さえ死んでくれれば、それでよかったのだ。

「おめえは、馬鹿な野郎だ。自分から、武器を捨てたようなものだぜ。そんな甘ちゃ

んが、この俺を仕留められると思ってんのか？　お？　蜂蜜《はちみつ》たっぷりのハニートーストみてえに甘いお坊っちゃんがよ！」

鷹場はけたたましく笑い、拳銃を持った腕をまっすぐに突き出した。

「動くんじゃねえっ」

鷹場の怒声――赤迫の眉間《みけん》に、険しい縦皺《たてじわ》が刻まれた。

「また、約束を破る気ですか？」

屈辱に震える声で、赤迫が言った。

「おめえのホモ恋人を殺したときに教えてやったろう？　約束はよ、裏切るためにあるってな」

狡猾《こうかつ》な笑みを浮かべながら、鷹場は赤迫に歩み寄った。

「僕の獲物？　誰にも渡したくない？　おめえよ、仮にも鷹場源治の血が流れてるんだろうがよ？　どこでどう間違ったら、そんな間抜けな男になるんだ？　お？」

赤迫の前で足を止めた鷹場は、銃口を額《ひたい》に押しつけた。

「間抜けな男は、鷹場さん、あなたのほうですよ」

赤迫が、唇の片端を吊り上げた。

「強がってんじゃ……」

鼓膜を劈《つんざ》く銃声——脇腹に熱く鋭い痛みが走った。

鷹場の手から滑り落ちたコルト・ガバメントを、赤迫が素早く蹴飛ばした。

扉の前に仰向けに倒れていた梨本弟が、首を擡《もた》げダブルハンドで拳銃を構えていた。

「どうだい？　鼠君、ジーパン刑事も顔負けの名演技だったろう」

梨本弟が、軽い身のこなしで立ち上がった。

状況が把握できないまま、鷹場は脇腹を手で押さえその場に屈《かが》み込んだ。

「見事に引っかかってくれましたね。あのままじゃあなたが逃げてばかりいて捕まえられないので、弟さんに協力してもらって一芝居打ったんですよ。あなたみたいな卑劣な人間に、正々堂々とサシの勝負を挑むわけないでしょう」

珍しく赤迫が、大口を開いて笑った。

鮮血に濡れる脇腹に激痛が走り、息が吸えなかった。

「てめえ……騙《だま》し……やがったのか……」

「お返ししただけですよ」

そう言いながら、赤迫は爪先《つまさき》で脇腹の傷口を蹴りつけてきた。

あまりの激痛に、鷹場は悲鳴を上げることさえできなかった。

「僕の小さい頃からの夢を、教えましょうか？」

玉のような汗の浮かぶ鷹場の額に拳銃を押し当てつつ、赤迫がにっこりと微笑んだ。

「鷹場源治の息子として、あなたより僕のほうが優秀だと証明してから、殺すことです。ようやく、いま、まさに、その夢を叶《かな》える瞬間がきました」

恍惚の表情で言いながら、赤迫が引き金に指をかけた。

自分は死ぬのか……。

たとえようのない恐怖が、鷹場の脳内で爆発し理性を粉砕した。

「た、助けてくれ……頼む……許してくれっ！　死にたくねえ……なんでもするっ、金ならいくらでも払うっ。だから、頼む！　殺さないでくれぇー！」

泣き、喚《わめ》き、見苦しく、情けなく命乞いした。

涙と鼻水と涎《よだれ》で顔中グチャグチャになったが、構わなかった。

「死にたくない！　死にたくない！　死にたくない！　死にたくない！　死にたくない！　死にたくない！　死にたくない！　死にたくない！　死にたくない！　死にたくない！　死にたくない！　死にたくない！　死にたくない！　死にたくない！　死にたくない！　死にたくない！　死にたくない！」

狂ったように、同じ言葉を繰り返し絶叫した。

「いいえ、あなたは、いまから三秒後には死ぬんです」

赤迫の眼が、カッと見開かれた。

鷹場は、眼を閉じた。

物凄い爆裂音の連発――身体が跳《は》ね上がり、顔に生温い液体がかかった。

心臓が、バクバクと音を立てていた。

生きているのか……？

鷹場は、恐る恐る眼を開けた。

視線の先――頭蓋骨が粉々になった二体の屍《しかばね》が転がっていた。

あたり一帯が血の海に染まり、飛散した内臓が浮いていた。

「英一……」

地獄から湧《わ》き上がるような声――鷹場は振り返った。

イグアナのように這《は》いずりながら、源三が左腕だけで身体を持ち上げ近づいてきた。

右手には、赤迫と梨本弟を射殺したコルト・ガバメントが握られている。

「おめえを……殺すのは……俺だ……誰にも……渡さねえ……おめえのせいで……七年前……金を……取りっぱぐれちまった……許せねぇ……絶対に……許せねぇ……」

七年前の逆恨《さかうら》み――凄まじき根深さ。

「ま、待て……十億は……いらねえのか!?　俺を殺しちまったら、金を手にできねえ

ぞ！」

ふたたび、鷹場は見苦しく取り乱した。

「もう……俺は……助からねえ……金が入っても……意味がねえ……だから……おめえを……殺す！」

最期の力を振り絞り絶叫した源三が、引き金を引いた。

カチッ、カチッという空を叩く音。

青褪《あおざ》めた脳裏に蘇る記憶——残されていた弾は二発。

弾切れ……。

「やっぱり、俺は悪運が強ぇなぁ」

鷹場は、ゆらりと立ち上がり血の海に浮いた赤迫の拳銃を拾い上げると、蒼白な顔で見上げる源三に銃口を向けた。

「知ってるか？　『溝鼠』はよ、人間が滅びても生き延びるってことをよ。お？」

鷹場は死神のような暗澹《あんたん》とした瞳で源三を見据え、引き金を引いた。

この作品は２０１３年１月徳間書店より刊行されました。
なお、本作品はフィクションであり実在の個人・団体などとは一切関係がありません。

徳間文庫

溝鼠《どぶねずみ》 最終章《さいしゅうしょう》

2014年8月15日 初刷
著者 新《しん》堂《どう》冬《ふゆ》樹《き》
発行者 平野健一
発行所 東京都港区芝大門二―二―二 〒105―8055 株式会社徳間書店
電話 編集〇三(五四〇三)四三四九 販売〇四八(四五一)五九六〇
振替 〇〇一四〇―〇―四四三九二
印刷 図書印刷株式会社
製本 株式会社宮本製本所
ISBN978-4-19-893866-6 (乱丁、落丁本はお取りかえいたします)

徳間文

毅宏

ルのすべて

一九八六年に生を受けた僕、宇津木《うつぎ》の鬱屈《うっくつ》の正体、それはアメリカという国家だ。都合のいいようにルールを決め、世界の覇者気取りで澄ましているあの国を、心の底から軽蔑している。嫌いじゃない、大ッ嫌いだ。では、僕の取るべき行動は何か。強者の脳天に斧《おの》を振り下ろすこと。そう。テロルこそもっとも有効な手段なのである！　僕はまずアメリカの大学への留学を決め、そこから事を始めた。